名作から創るフランス料理

小倉和夫

名作から創るフランス料理

まえがき

フランスの食文化研究の元祖といわれているブリヤ・サヴァランは、

人は（誰でも）食する。しかし、機智（エスプリ）のある人だけが（本当の）食べ方を知っている

と言っています。

言葉をかえれば、本当の食事の味わい方は、頭を使い、知性を働かせてこそできるもので、単に舌の上や目や鼻の感性で味わうだけでは十分ではないということでしょう。

このことの意味をさらに考えてみると、人間の想像力や連想力が、料理の味をひきたて、またそれを深めるのだということではないでしょうか。

そうなると詩や歌や小説など、文学の中での料理を「味わう」ことが、実は、実際の料理を賞味する上での、かくれた感性や知性を養うことになります。

また、逆からいえば、小説の中で料理がどのように描写され、位置づけられているかを観察することによって、想像の世界において料理を「知性的に」味わうことが可能となり、同時に文学作品の「味」を深く鑑賞できることになります。

そうした観点から言えば、フランス文学の「名作」の中からほぼ時代ごとにいくつかの作品を選び、

そこでの料理の描写と作品におけるその意味を探求することは、フランス文学と食文化の接点を考える上でも意味あることとなります。

このような考えから、本書は、個々の作品の中で料理や食事が、どういう場面にどのような意味で登場し、人物の性格描写や物語の展開とどのように関連しているか、また料理の内容にどのような「文学的」意味があるのかを探求しようとしたものです。

けれども、単に頭で考えて作品を分析してみるだけでは本当の意味で文学と料理とを結びつけたことになりません。

名作の中に登場する料理を実際に再現し、味わってみることによって初めて、時代をこえた名作の中の料理の食としての「味」と「文学的味」の双方を感じとることができるのです。その場合、単なる料理の正確な「再現」をこころみるやり方もありましょうが、それでは「歴史的」検討にはなっても、料理ないし食文化における創造性への刺激にはなりません。そこで文学作品上の意味を考えながら、現代の日本人の感性にあわせた形で、名作にヒントを得た「創作料理」を実現することによって、文学と食文化を合体させた、新しい「味の創作」を行うよう試みた次第です。

本書は、こうした観点から行った一連の文学作品の分析であり、創作料理の実験をとりまとめたものです。

小倉和夫

目次

企画　国際交流基金
メニュー作成・料理
国際文化会館
ロイヤルパークホテル
撮影　宮川潤一
挿画　倉部今日子

第1章　「日本風サラダ」とプルーストの食卓

——『失われた時を求めて』マルセル・プルースト

VOL. 1

『失われた時を求めて』
マルセル・プルーストの夕べ

Menu

Salade Japonaise
ジャガイモとムール貝のサラダ・ジャポネーズ

Potage Garbure à la Béarnaise
ベアルヌ風ガルビュール

Sole à la Normande
舌平目のポシェ　ノルマンディー風

Fromages Affinés de France
フランス産完熟フロマージュ

Fraises Melba
フレーズ・メルバ

Madeleine avec du Thé de Tilleul
菩提樹のお茶とマドレーヌ

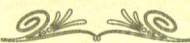

ジャガイモとムール貝のサラダ・ジャポネーズ（日本風サラダ）

マルセル・プルースト

（Marcel PROUST：1871 ～ 1922）

1871 年、パリ郊外のオートイユに生れる。父は医者、母は裕福なユダヤ系のブルジョワ。プルーストは生来病弱で、ぜん息に苦しんだ。パリからもさほど遠くない町イリエ・コンブレーの父の別荘でよく休みを過ごした。祖母に育てられた期間も長く、生来の病弱とあいまって、そうした環境がプルーストの繊細な感覚を育てたといわれる。

1909 年、20 世紀最大の長編小説の一つといわれる『失われた時を求めて』（*A la recherche du temps perdu*）の執筆に着手。第一篇「スワン家のほうへ」は自費出版、第二篇は 1919 年ゴンクール賞を受賞したが、結局全篇を出版する前に、1922 年肺炎のため死去。後に親族が、草稿をまとめて 1927 年に出版した。パリ東方のペール・ラシェーズ墓地に埋葬されている。

あらすじ&解説　『失われた時を求めて』の構成と「スワンの恋」のあらすじ

主人公の「私」が少年時代に住んでいた町コンブレーには二つの道があった――一つはブルジョワのスワン家へ行く道、他の一つは貴族の館へ行く道。この二つの世界は、「私」にとってあこがれの世界だった。二つの世界に繰り広げられる人間模様と、少年時代の思い出の襞《ひだ》を描いたのが、『失われた時を求めて』である。この小説は、主人公が少年時代に味わったマドレーヌ（貝の型をした小さな菓子）と紅茶の香りが象徴する幸せな「過去」を時の流れの中に探し続ける物語であり、『失われた時を求めて』という表題は、そのことを表している。

しかし、それは単なる美しい記憶ではなく、過去と現在という時空を超越したところに存在する無意識の感覚、ないし印象にこそ人間存在の本質的探求があることを暗示したものと言われている。

『失われた時を求めて』の第一篇「スワン家のほうへ」は三部に分れ、「日本風サラダ」が登場するのは、その第二部「スワンの恋」の部分である。「スワンの恋」は、それ自体独立した小説といってもよいほど、前後の部分から切りはなして読める部分である。

ここでスワンは、ブルジョワのヴェルデュラン家をはじめ社交界に出没する高級娼婦まがいの女性オデットに恋心を抱き、彼女のパリのアパートにまで出入りするようになる。しかしオデットはスワン以外の男ともつきあいをやめず、スワンは猛烈な嫉妬にかられてオデットにあたるようになり、オデットはオデットで嘘を平気でつくようになる。この恋がもとでスワンはヴェルデュラン家からつきあいを拒否され、やがてスワンの恋もさめていくが、嫉妬心とオデットへの思いはしばらくスワンの心に沈澱しつづける。最後にはしかし、スワンの恋の情熱も消えうせてゆく。

日本風サラダの登場

「日本風サラダ(Salade Japonaise)」――寿司をはじめ日本食が世界中に広まっている昨今ならば、どこかのフランス料理店で、そんな名前のサラダにお目にかかっても不思議ではない。しょう油やゴマやユズなどといった日本風味のサラダドレッシングを使った「和風」サラダは、今や日本料理にも登場する。

しかし、フランス料理における「日本風サラダ」が広く人に知られるようになったのは、二〇世紀を代表するフランスの作家マルセル・プルーストが、彼の名作『失われた時を求めて』の中で、このサラダを文学的意味合いをこめて登場させたからである。

時は一八八〇年代末。所は、パリの「貴族的」ともいえる住宅地サンジェルマンにあるヴェルデュラン家の夕食会。

そこでは、この小説の主人公シャルル・スワンと貴族フォルシュヴィルが、片や高級娼婦まがいの社交界の花形オデット・ド・クレシーをめぐって恋のさやあてをくりひろげ、片やテーブルでの気の利いた会話をめぐって女主人役のヴェルデュラン夫人の寵愛を競っている。

そうした夕食会の席上、医者の奥さんのコタール夫人が、「日本風のサラダ」と口走る。

それは、テーブルに一つの話題を提供する糸口を作るためだった。

当時、「椿姫」の作者アレクサンドル・デュマ・フィスの書いた喜劇「フランシヨン(Francillon)」

ベアルヌ風ガルビュール

が、巷間で話題となっていた。

「フランシヨン」は、フランシーヌ・リヴァロルという若い伯爵夫人のあだ名で、この戯曲は、愛する夫が他の女に熱をあげ出したことに気づいて、その仕返しがてら、夫の気持ちをひき戻そうとするために夫人が変装して策を講ずる喜劇だった。

筋立ての軽妙さもあってこの戯曲は、当時社交界の話題となっていたが、同時にこの作品に対しては厳しい批判もあった。その一つの理由は、「日本風サラダ」にあった。

そもそもこのデュマの作品中、「日本風サラダ」といわれるものは、伯爵の娘で、花嫁修業中のアネットが料理教室で習い覚えたもので、友人や親類との会話の中で、求めに応じて、その作り方（レシピー）を細かに説明したものだった。何で「日本風」と名づけたのかと問われて、アネットは、当時フランスで流行していた日本趣味（ジャポニズム）にあわせてそう名付けたと答える。

一九世紀後半、フランスではいわゆるジャポニズムが流行していた。日本の浮世絵や陶器、漆器、屏風、扇子、さらには着物風のガウンにまで流行が及んでいた。プルーストのこの小説でも、「日本風サラダ」の場面以外にも、ジャポニズムの香りを漂わせているところが随所にあるほど、広くフランス社会にみなぎる風潮だった。

例えば、スワンが恋人のオデットの住居（パリの凱旋門にほど近いラ・ペルーズ通り）を訪れるシーンを見てみよう。

表通よりも高くなった一階にあるオデットの寝室は、奥のほうで表と平行した小さな通に面していたが、その寝室を左にして、まっすぐな階段がくすんだ色の壁のあいだにあり、その壁からは東邦の織物や、トルコの数珠や、絹の細紐でつるした日本の大きな提灯がさがっていた（その提灯には、訪問者からヨーロッパ文明の最近の快適さをうばわないために、ガス灯がともされていた）、そしてその階段をあがるとそこが大小二つのサロンになっていた。

（井上究一郎訳『失われた時を求めて』〈ちくま文庫〉より）

▼「ラ・ペルーズ通り（Rue la Perouse）」

ラ・ペルーズ通りは、パリの凱旋門の近くにあり、クレベール大通りとほぼ平行して走っている道で、かつてのオテル・マジェスティック、現在のフランス外務省国際会議ビルの裏手にあたる。現在この通りは、小さなホテルや事務所の建物が並ぶあまり特徴のない通りであるが、一九世紀末には、近くにイッポドロームというサーカス場があったこともあり、高級娼婦まがいのオデットが住む場所としてふさわしいムードがあったのかもしれない。

このラ・ペルーズ通りは、やがて小説の主人公スワンにとって恋人オデットを象徴する通りとなったが、オデットがスワンに嘘をつくようになったことから、ラ・ペルーズ通りはスワンの嫉妬の象徴にもなっていた。ちなみにパリには「ラペルーズ」という有名なレストランが存在する。しかし、このレストランはラ・ペルーズ通りとはまったく関係がない。「ラペルーズ」といっても、レストランをさすときは男性名詞であり、通りの名をさすときは女性名詞となる。

スワンが実は同性愛者であり、スワンとオデットの恋も片方でロマンチックでありながら、片方で嘘にかためられていたことが、実はラ・ペルーズとラペルーズの二重映しの中に象徴されていると考える人もあるようだ。ちなみに小説の中でスワンは、セーヌ河の中の島、サンルイ島に住んでいたとされる。また、ラ・ペルーズ通りから程遠くないアムラン通り（Rue Hamelin）四四番地は、プルーストが晩年住居とし、ここで死去した場所として知られ、今でもこの建物にはプルーストが住んでいたことを示す案内板がはられている。

このほか『失われた時を求めて』には、「七宝と見まがう、日本趣味の、むらさきがかったライト・ブルー」といった表現や、「水を満たした陶器の鉢の中に小さな紙きれをひたして日本人がたのしむあそび」（いわゆる水中花のこと）など、そこここに当時のジャポニズムをほうふつとさせる表現や描写が登場する。

それだけに、「日本風サラダ」は、流行を追って新奇さを出そうとした、やや奇をてらったものといったニュアンスがこめられており、（当のアネット本人はともかく）第三者には、ややげてものと見られがちな代物だった。

加えて、アネットは劇中で、詳しくレシピーを紹介する。そのため、いやしくも文学作品の中で料理教室のようなことをするのはいかがなものかといって、デュマを批判する向きもあったようだ。

デュマの作品をめぐるこうした批判や（それだけに高まった）人気を考えると、プルーストの作品中の登場人物が「日本風サラダ」に言及したことは、いささか奇をてらったものの象徴として、戯曲「フランシヨン」をあてこすり、これを軽く批判するためだったといえる。

舌平目のポシェ　ノルマンディー風

従って、「日本風サラダ」のレシピーには、今日から見ると日本風のところは全くない。日本の食材を使ったり、日本料理のタッチや調味料を使う訳でもない。ただ、どこか異国調の、官能的ムードを漂わせているだけなのである。

プルーストが秘めた官能的ニュアンス

食物や飲物に、しばしば特別の官能的意味が与えられているのは、『失われた時を求めて』の特徴の一つである。

例えば、「スワン家のほうへ」で、アスパラガスは女体の象徴とされ、「美女たちのおいしそうなひきしまった肉体」の色や味は、夕食の際に食べるアスパラガスの味と感触に似ており、その感触は、アスパラガスを食べたずっと後になっても（主人公の）中に残っていた、という趣旨の話も出てくるほどである。

ここで、デュマの戯曲の中の「日本風サラダ」のレシピーを概観してみよう（翻訳は著者）。

ジャガイモをゆでる
それを薄切りに切る
温かいうちに塩、コショウ、上等のオリーブオイル、酢で味つけする

オルレアンまたはエストラゴンを加える
グラス半分のシャトー・ディケムまたは白ブドウ酒を加える
小さく切った薬草を加える
大きめのムール貝をセロリの茎とともに別途ブイヨン風に料理しておく
水を切ったムール貝を、味つけをし終ったジャガイモに加える
全体を鍋または皿の上で軽くまぜる
（ムール貝は、ジャガイモの三分の一程度の量）
全体が仕上がったら軽く攪拌する
最後にトリュフ（松露）の薄切りを全体にふりかける
その上で全体をシャンペンで煮つめる

このように、「日本風サラダ」は、とりたてて「日本風」のところはないサラダであるが、ジャガイモのサラダを「日本風」と名づけることによって、デュマの戯曲をあてこすり、同時に、当時の社会的風潮たるジャポニズムにのっとって粋な名前をサラダにつけてみた試みであって、正にブルジョワ家族の夕食会の社交的雰囲気を象徴するものだった。

しかし、プルーストの小説に「日本風サラダ」が登場する背景には、さらに深い意味がかくされている。それは、この小説のこの部分（「スワンの恋」）の主人公スワンの人生の浮き沈みと関係し

ている。

実は、「日本風サラダ」の話題が登場する夕食会は、スワンの人生において一つの分岐点を成す場であった。それまで一年間ほど、スワンは、頻繁にヴェルデュラン家に出入りし、ヴェルデュラン夫人にも大変気に入られていた。ところが、そのスワンとヴェルデュラン家との良好な関係に、次第に微妙な影がさしてきた。社交界の人気者であったスワンは、あちらこちらのサロンに出入りし、そうして付き合うようになった友人たちの中には、ヴェルデュラン家から見ればいささか問題のある人物も少なくなかった。また、オデットとの仲がどんどん親密になってきているのに、それをスワンはヴェルデュラン夫人に伝えておらず、ヴェルデュラン夫人は、自分がかわいがっていたスワンに裏切られたような気持ちを抱き始めていた。「日本風サラダ」の夕食会が開かれたのは、ちょうどこうした事態が進行していたときで、この夕食会を境に、スワンとヴェルデュラン家とは急速に疎遠になっていく。言ってみれば、「日本風サラダ」は、ジャポニズムにせよ、デュマの戯曲にせよ、当時の流行を追いかける軽薄さを備えたヴェルデュラン家のサロンのムードを象徴しており、また、自分自身もそういう軽薄さを持ちながら、それにも拘らず、より深遠なものを求め、また真の貴族社会にも憧れているスワン自身の象徴ともなっていると言える。

さて、この料理をレシピーに沿って再現するとなると、シャトー・ディケム（Château d'Yquem）という極めて高級な貴腐酒（後述）を使うこととなるが、これは日本ではいささか無理なので、別

フランス産完熟フロマージュ

のより手に入りやすいソテルヌ（シャトー・ディケムはじめボルドー地方の甘い貴腐種の総称）で代用する。その上で、何といってもジャガイモの味とムール貝の選び方に神経を使わねばならぬ。

調理を担当する斉藤正敏シェフは次のような工夫をこらした。

ジャガイモは、「インカのめざめ」というサツマイモのように黄色い旨みのあるジャガイモを用い、これにブーショという種類のブルターニュ産の小さなムール貝、さらに南仏ヴォークリューズのトリュフを使いました。ムール貝のジュ（だし汁）を加えたシェリー酒のヴィネグレット（ワインビネガーやオリーブ油などのオイルを加えて作るソース）に、エストラゴン、シブレット、パセリという三種のハーブ、そしてフランス・ゲランド産のフルール・ド・セル（旨味のある塩）を用いました。

実はこの「日本風サラダ」には、フランスの名シェフ、アラン・サンドランス氏の著書『プルースト、再び見つけられた料理』に載っているレシピーがある。

そこではジャガイモは、肉質のしまったものとされ、薬草にはクローン（ちょろぎ＝crosne）が使われている。その上にパセリとシブレットとフィーヌの汁が加えられる。

そしてジャガイモの厚さは五ミリほど、また（四人分として）ジャガイモ八〇〇グラムにムール貝一リットル、クローン二〇〇グラム、ソテルヌはグラス半杯、トリュフは五グラムとされている。

サンドランスの著書は、デュマの原典のレシピーも併せて掲載しており、サンドランスはこれに彼自身のタッチを加えたレシピーを作ったようだ。

香りの演出

ところで、「日本風サラダ」の作り方をよく見ると、味ばかりでなく、香りの要素がこのレシピーの重要な部分になっていることに気付く。

まずシャトー・ディケムである。この世に名高い超一流の貴腐ワイン（ブドウが熟しきって実が固まり、甘さが結晶されたところを摘みとって作る甘い白ワインで、通常フランスではソテルヌ、ドイツではアイスヴァインとよばれる）は、とろけるような甘さとともに、その香りに特徴があることはよく知られている。

▼「シャトー・ディケム」

ボルドーのソテルヌ地方の白ワインの名酒。秋にこの地方に発生する霧がかった季候とブドウの水分を蒸発させてしまう菌類の効果によって、秋から冬にかけて乾燥ブドウのようになった実に糖分がとじこめられ、それから生産される貴腐酒の中で最も伝説的なものがシャトー・ディケムである。こうした貴腐効果（pourriture noble）を活用したブドウ酒作りが、どこでどのように始まったかについては、必ずしも明確ではない。

通説では、一八四七年、当時のシャトー・ディケムの持主リュル・サルース侯がロシアを訪問し、帰国するまではブドウのつみとりを禁じていたところ、侯の帰国が遅れ、ブドウは貴腐状態となってしまった。ところがこれから作ったブドウ酒がすばらしかったので、以後、この作り方が踏襲され、他の土地にも広まったというものである。しかし、この説は実証的裏付けがなく、貴腐酒はおそらく、ハンガリーの名酒トカイがその元祖ではないかともいわれている。

後に米国の大統領となったトーマス・ジェファーソンは、駐仏大使時代、シャトー・ディケムにほれこんだとされるが、当時はフランス革命の前一七八〇年代であり、シャトー・ディケムが今日と同じような味であったかどうかは明確でない（ハンガリーのトカイで貴腐酒が生産され出したのは一七世紀といわれており、ジェファーソンの時代に既にシャトー・ディケムは通常の白ワインではなく貴腐酒であった可能性は否定できない）。

またシャトー・ディケムは、一八五〇年代にロシア皇帝の親族がこれを賞味して激賞して以来、ロシアの宮廷でも珍重されることとなったという。

そうした歴史も手伝って、官能的小説を書いたことで著名なフランスの女流作家シドニー・ガブリエル・コレットは、この酒について「字を読むことがややつらくなってきた年頃にシャトー・ディケムを一滴一滴、一字一字をたどたどしく読むかの如く飲むのは、目もくらむような気がする」と書いている。また、作家ミシェル・セールは「シャトー・ディケムを味わうのは、美的感覚を必要とする」とし、「その味は第二の口、第二の舌（すなわち通常とは違う特別の口と舌）をよびおこす」とのべている。

それにこのサラダには薬草がきざまれて混じっている。それら全ては、料理における香りの演出ともいえよう。

香りの演出は、実は、プルーストの小説『失われた時を求めて』でも、その中心をなしているといってよいほど重要な意味を持っている。

それは、あの著名な、マドレーヌのお菓子の香りと関係している。事実、『失われた時を求めて』という長編小説は、極端な言い方をすれば、紅茶に浸した一つのマドレーヌ菓子の香りの話から始まるといっても過言ではない。

小説の主人公「私」は、幼い頃、日曜日の朝になると、レオニー叔母さんの部屋におはようを言いに行ったものだが、その時叔母さんは、彼女がいつも飲んでいるお茶の葉っぱ、または菩提樹の花を煎じたものの中にマドレーヌを浸してから、それを「私」にすすめてくれるのであった。

この香りと味は、いつの間にか「私」の記憶の中に沈澱していた。

その後、成人してから「私」は、不思議な体験をする。

少し長いが、じっくりと、プルーストの小説の主人公の体験を自らかみしめるつもりになって、原典のこの部分を読んでみよう。

菩提樹のお茶とマドレーヌ

……ある冬の日、私が家に帰ってくると、母が、私のさむそうなのを見て、いつもの私の習慣に反して、すこし紅茶を飲ませてもらうようにと言いだした。はじめはことわった、それから、なぜか私は思いなおした。彼女はお菓子をとりにやったが、それは帆立貝のほそいみぞのついた貝殻の型に入れられたように見える、あの小づくりでまるくふとった、プチット・マドレーヌと呼ばれるお菓子の一つだった。そしてまもなく私は、うっとうしかった一日とあすも陰気な日であろうという見通しとにうちひしがれて、機械的に、一さじの紅茶、私がマドレーヌの一きれをやわらかく溶かしておいた紅茶を、唇にもっていった。しかし、お菓子のかけらのまじった一口の紅茶が、口蓋にふれた瞬間に、私は身ぶるいした、私のなかに起こっている異常なことに気がついて。すばらしい快感が私を襲ったのであった、孤立した、原因のわからない快感である。その快感は、たちまち私に人生の転変を無縁のものにし、人生の災厄を無害だと思わせ、人生の短さを錯覚だと感じさせたのであった、あたかも恋のはたらきとおなじように、そして何か貴重な本質で私を満たしながら、というよりも、その本質は私のなかにあるのではなくて、私そのものであった。

(同書より)

このマドレーヌ菓子のエピソードの意味をプルーストは小説の中で次のように解説している。

われわれの過去もまたそのようなものである。過去を喚起しようとつとめるのは空しい労力であり、われわれの理知のあらゆる努力はむだである。過去は理知の領域のそと、その力のおよばないところで、何か思いがけない物質のなかに（そんな物質があたえてくれるであろう感覚のなかに）かくされている。その物質に、われわれが死ぬよりまえに出会うか、または出会わないかは、偶然によるのである。

（同書より）

ところで、帆立貝のような細い溝のついた貝殻型のマドレーヌ菓子が、どうしてイリエ・コンブレー（小説ではコンブレー）の町の名物となったのか。

イリエ・コンブレーの町は、実は、パリからスペイン南部の聖地サンティアゴ・デ・コンポステーラへ巡礼に行き、そして帰って来る人々の宿場町であった。

巡礼者たちは、巡礼先のスペインの海岸で貝殻を拾い、それを帽子や衣服に付けて帰ってきた。それにちなんで、この町で、貝殻の形をしたマドレーヌ菓子が作られるようになったと言われる。

今日でも、イリエ・コンブレーを訪ねると、医者だったプルーストの父親が住んでいた家がプルースト記念館になっており、その近くにマドレーヌを売っている菓子屋がある。

田舎町の店の中に並んだマドレーヌ菓子は、特にきれいでもなく、とりたてておいしそうにも見えない。しかしプルーストの小説を知っている者には、このお菓子に何か精神的要素がこめられているような気がしてくる。

何故だろうか。

通常の記憶（感情や論理が心に鮮明に刻印して、頭の中に残っている記憶）ではなく、菓子、時計、家具、小石、敷石……といった「もの」と接触することにより、かつてそうした「もの」と接触した時の感覚が呼び覚まされ、ふっと思い出される感触――それが、「失われた時」の再現であり、永遠の時であり、永遠になくならない存在だからではあるまいか。そしてマドレーヌ菓子はそうしたものの象徴であると考えることができるのではないか。

このように、『失われた時を求めて』の中でマドレーヌ菓子は、極めて重要な位置をしめているので、「プルーストの食卓」の最後（デザート）には、マドレーヌ菓子を出すことが自然であろう。

そうすると、サラダとデザートの間の主皿《メインディッシュ》としては何の料理にすべきか。

『失われた時を求めて』の第一篇、すなわち「日本風サラダ」が登場する「スワン家のほうへ」の篇の中を探求してみると、この篇にはいろいろな料理が登場する。例えば、特製のオムレツ、ビフテキ、仔牛の肉の料理なども言及されている。こうした料理を使うのも一案だろう。

けれども、「日本風サラダ」のことが話題となった夕食会では、ノルマンディー風の舌平目の料理が出たことになっているので、これを尊重して、日本風サラダに舌平目の料理を組み合わせるのが、素直な案となる。

舌平目の料理は、知っての通り、フランス料理では特別に珍しい料理ではないが、上品な、クラシックな定番料理である。

このことは、言うなれば、夕食会の女主人役たるヴェルデュラン夫人が、この夕食会を、オーソドックスなフランス料理を供する洒落たものにしようとしていたことを暗示している。プルーストは、こんなところにも、料理を使って、ブルジョワ階級の趣味と気質をさりげなく表現しているとも言えそうだ。

さて、日本風サラダに舌平目、それにマドレーヌ菓子を使ったデザート。この三品を基に、それに何を加えてフルコースメニューを作るかが問題となる。

プルーストの食卓を一緒に作り出そうとした、斉藤シェフの言葉に耳を傾けよう。

　前菜の日本風サラダと、クリーミーなソースを使った舌平目のポシェ（ゆでたもの）の間には、たっぷりの野菜と肉類、そしてスープが一緒になった料理が最適ではないかと考え、思いついたのがベアルヌ風ガルビュール（フランス西南部特有の野菜スープ）です。キャベツ・カブ・ニンジン・玉ねぎ・白いんげん豆を鴨のモモ肉・ベーコンと共に鶏のブイヨンでゆっくり煮込み、その上にはパルメザンチーズをかけて焼いたバゲットがのせてあります。別途お出しするスープと共にいただくことになります。地方色豊かな料理です。

なお、ノルマンディー風舌平目の料理は、現在ではあまりはやっていないだけに、シェフも苦労したようだ。その悩みをシェフは次のように語る。

舌平目をポシェしたものに白ワインと魚の出し汁を煮詰めてクリームを加え、泡立てた卵黄にバターを加えたサバヨン（卵黄、砂糖、ブドウ酒、香料を煮詰めたもの）で仕上げ、周りには仔牛のジュを煮詰めたものを回しかけてあります。このサバヨンで仕上げる手法も、現代の料理ではほとんど使われなくなりました。中央の舌平目の上にはシャンピニオンと芝海老とトリュフ。さらに「料理教本」には「ノルマンディー風にはポシェした牡蠣を添える」とあるのですが、最近のノロウィルス感染の懸念もあり、使用は控え、いわばその代わりにバターで焼いたクルトンを添え、その横に、から揚げした舌平目のフィレを置いてみました。

最後のデザートについては、マドレーヌ菓子が核心ではあるが、ちょっとした工夫が必要だ。そのあたりのことについてもシェフの苦心談を聞こう。

そしてデザートですが、締めくくりのマドレーヌをお茶に浸しながらゆっくりと楽しむために、チョコレートのような力強い物は避ける方が賢明です。この小説の時代背景の一九世紀後半、ペッシュ・メルバという有名なデザートが発案されております。丁度プルーストの時代に生きた偉大な料理長オーギュスト・エスコフィエがオペラ歌手、ネリー・メルバのために考案したものとされていますが、残念ながら桃は初夏の味覚。そこで（註　この『失われた時を求めて』プルーストの夕べ」のメニューの試食が、冬の季節に開かれたため）苺のメルバを用意しました。チューリップ型の薄いパイにバニラアイスクリームと生の苺、そして木苺のゼリーで作ったメルバソースに少々アレンジを加えました。すなわち、苺をバターと砂糖でキャラメリゼし苺のリキュールをかけてフランベ（燃やす）してほの温かくし、上にはターバン状の飴を載せました。

ともあれ、これで一応プルースト『失われた時を求めて』の食卓が完成した。

「時」をテーマとした小説

さて次はワインの選択である。

白ワインについては、『失われた時を求めて』の第一篇の主人公スワンにゆかりのワインを選んでみることとする。

スワンは大叔母のところで夕食によばれた際、その前日に「アスティぶどう酒を一箱……わざわざとどけた」とされている。これから見て、アスティ（Asti）は、スワン好みの、また人に贈りものとして届けても恥かしくない上品さを持ったワインであることになる。現に、イタリアのジェノヴァの近くを産地とするアスティは、軽い発泡性の白ワインで、すっきりとした甘さを持つ白ブドウ酒として有名である。前菜と一緒に味わうワインとしても悪くはない。

赤ワインは、ソムリエに選択をゆだねたところ、料理にあわせて、ガルビュールには、ボルドーのサンテミリオン地区の、手頃で「プラムやチェリーの味わいが口の中一杯に広がる」（ソムリエ談）タイプのシャトー・トゥールシヴァドン（Château Tour Sivadon）を選んでくれた。

また、舌平目の料理に合うワインとしては、料理との相性に加え、小説「スワンの恋」の内容にあわせて、「恋」を連想させるものとしてブルゴーニュのシャンボール・ミュジニー地区の著名な銘柄レ・ザムルーズ（Les Amoureuses:「恋人たち」の意）が選ばれた。この地方の良質のワインは、一般に「女性的」とか「なめらか」（英語のＳＩＬＫＹ）などといわれ、最高級の銘柄としては、レ・ボンヌ・マール（Bonnes-Mares）が名高い。こうした性格のワインだけに、舌平目料理との組合せも一興と思われた。

ここでしめくくりに再び小説の世界に戻ってみよう。小説の末尾では、物語の冒頭に登場するマドレーヌ菓子のエピソードをほうふつとさせる体験が語られる。社交界をさまよい、絶望をも味わった「私」は、（少年時代をすごしたコンブレーの町の散歩道で、スワン家の方へ向う道とはまた別のもう一つの道の先にあった）ゲルマント公爵夫人の館に向かう途中で、中庭の石に躓く。その瞬間、かつてヴェネツィアのサン・マルコ寺院で広場の敷石に触れた時と同じ感覚を得て、深い幸福感を味わう。そして「私」は、念願の「時」をテーマにした小説の執筆を決意するのだった。

主人公の「私」は、プルースト自身がモデルだといわれている。プルーストにとって、その感覚的な記憶は、理性的な意志から発する記憶とは違い、たとえ忘れられていても、確かにどこかに残っていて、永遠に自分の心にあるものだった。まさにマドレーヌ菓子は「私」の幸せな記憶を呼び戻し、それを再現する永遠の時の象徴でもあったのである。表題の『失われた時を求めて』とは、「過去の体験の幸せな瞬間を求めること」であり、この小説のテーマは、単純に言えば、この一見なくしてしまった過去の「時」を探し出して再び見出すことが、人生の本質であり本当の幸せではないかということにあるのだろう。

第2章　美貌の浮かれ女ナナの夜食会

——『ナナ』エミール・ゾラ

VOL. 2

『ナナ』
エミール・ゾラの夕べ

Menu

Purée d' Asperges Comtesse
アスパラガスのピューレ コンテス

Filet de Loup de Mer à L'Andalouse
スズキのドレ アンダルシア風

Sorbet aux Mandarines
マンダリンのソルベ

Selle de Cheureuil à L'Anglaise
牡鹿背肉のポシェ 英国風

Omelette Norvégienne
ノルウェー風オムレット

Café ou Thé, Mignardises
コーヒー又は紅茶とミニャルディーズ

牡鹿背肉のポシェ　英国風

エミール・ゾラ（Emile ZOLA：1840 ～ 1902）

自然主義文学の代表の一人とされる小説家。代表作『ルーゴン・マカール叢書』は、『ルーゴン家の繁栄』（1870）から『パスカル博士』（1893）まで全20作で構成され、中に『居酒屋』、『ナナ』がある。

イタリア人技術者の父とフランス人の母の一人息子としてパリに生まれ、少年時代を南仏エクズ・アン・プロヴァンスで過ごした。18歳の時バカロレア（大学入学資格試験）に失敗し、出版社アシェット書店で働きながら作家を目指した。1867年の『テレーズ・ラカン』で小説家としての足場を築き、その後「自然主義」を唱え（実験小説論）、その実践として『ルーゴン・マカール叢書』を発表した。当初はほとんど売れなかったが、第7作『居酒屋』で社会現象を起こすほどの大成功を収め、フランス自然主義文学の黄金期を築いた。その他の著作に『三都市叢書』（3部作、1894 ～ 1898）、『四福音書叢書』（4部作、1899 ～未完）等がある。

社会・政治活動にも参加し、ユダヤ人将校ドレフュスの嫌疑に無罪を主張するなど社会運動家としても活躍。パリのパンテオンに眠る。

■あらすじ&解説　『ナナ』

洗濯女のジェルヴェーゼとその夫クーポの間に生れたナナは、赤貧洗うが如き生活から逃げ出して町をさまよう。とりたてて才能もないまま女優になり、自らの肉体的魅力を武器にしてのし上り、社交界に出没する。ミュファ伯爵をはじめとした男にとり入り、男を惑わせ、そして破滅させた揚句、自らは一九歳の若さで天然痘にかかり、パリ中心部のグランド・ホテルで一生を終える。

ナナは官能的肉体のシンボルであり、神話的な存在といわれるほど。この小説は一九世紀フランス社会の現実と腐敗と退廃を描きながら、底に漂う悪魔的な性の世界を一見、非現実的ともいえるリアルさをもって浮彫りにしている。

夜食会の人間模様

ヴァリエテ座の女優ナナが自宅で開いた夜食会は、夜の十二時過ぎから始まった。

——アスパラガスのピュレとデリニャック風コンソメでございます。と客の後を一杯はいった皿を持って廻っているボーイたちが、小さい声で言った。

ボルドナヴが声高にコンソメにしたらいいと皆にすすめていると、急に叫び声が起った。誰かが抗議し、怒っているらしかった。扉は開け放しになっていた。遅参した一人の女と二人の男がいま入ってき

たところだった。ああ！　駄目だわ、もう多すぎるわ！（中略）

食卓の周囲が、ひどくあわただしくなっていた。ボーイたちが忙しげに立ち働いていた。後皿がすんで間皿が出たところだった。蒸焼の若鶏と、辛味ソースをかけた舌比目魚のフィレと、鵞鳥の肝臓の薄切り（エスカロープ）だった。この時までムールソーの葡萄酒を注がせていた料理長は、今度はシャンベルタンとレオヴィルを出すようにと命じた。（中略）

……晩餐はだらだらと続いていたが、もう誰も食べている人はなかった。イタリー風茸やパイナップルのパイは、皿にとったまま殆ど手つかずに残っていた。しかし、ポタージュが出たあとからずっとのみつづけていたシャンペン酒のおかげで、一座は次第に酔が廻って気が荒くなり、騒々しくなってきた。遂に座が乱れ始めた。

（川口篤・古賀照一訳『ナナ』〈新潮社文庫〉より）

いかにも贅沢で、豪華で、しかも官能と快楽をそそるような料理の数々。これは、エミール・ゾラの小説『ナナ』に登場する夜食会の情景である。時は一八七〇年代。季節は春、四月末ないし五月。所は、パリの中心部オスマン大通りにあるナナのアパルトマン。

ナナはここに三十八人の客を招き、新居の披露と公演の成功を祝って夜食会を催したのだった。当時のしきたりもあって、夜食会は、深夜十二時過ぎに始まり三時近くまで続いた。劇場のはねた後、社交界の人々を招待して、いわばナナ自身を社交界と批評家たちに売り込む機会だった。

アスパラガスのピューレ　コンテス

それだけに集った人々も、社交界を泳ぎ回って噂をまきちらす高級娼婦（ドミ・モンデーヌ）たちやそのパトロンの貴族、金持ち、劇場関係者、ジャーナリストなど様々な人たちだった。

女優ナナ

物語の主人公ナナはパリのヴァリエテ座という劇場に出演している女優である。

この時代、女優と言ってもその実態は高級娼婦に近かったと言ってよい。物語が始まる頃、ナナは、冬をパリで過ごすモスクワのとある豪商の、いわば囲い女ないし情婦になっており、パリの中心街のアパルトマンに住まわせてもらっている。奔放で、無邪気で、同時に浪費家で、気まぐれ屋であり、派手好きなナナの男性遍歴——特に上流階級の男性を籠絡していく過程——を描いたのが、小説『ナナ』である。

ナナは、このように、次から次へと男を替え、男を破滅させ、文字通り男を「食い物」にして生きている、魔女的な女性である。

ナナは男を経済的に破綻させるだけではない。男の心、男の魂を食い尽す。その意味でナナは性（セックス）の魔女であるのみならず、社会の悪徳の象徴でもある。その不思議な力は、家庭を破壊し、男を破滅させ、人々を離反させる。その意味でナナは、勃興するフランスのブルジョワ社会の発展に対する反逆と反抗の力のシンボルでもある。小説『ナナ』のそこここに沁みこんでいる、ある種の復讐の執念にも似た暗い影は、この自然主義文学の傑作が、同じ高級娼婦を描いたやや類似の小説『マノン・レスコー』や『椿姫』とは大きく異なっている証拠ともいえよう。

ナナの住居

ナナのこれまでの人生——光と影の交叉した人生は、ナナの住居にも反映していた。ナナの部屋は、パリの中心部に位置する高級なアパルトマンではあったが、調度品は雑然とした、「成金趣味」の住居だった。
このナナの住居から僅か数百メートルしか離れていないところに、ナナが自分になびかせようとしている男性の一人、ミュファ伯爵の家があった。この貴族の館は、ナナの住むオスマン大通りから程近いミロムニル通りにあったが、その様子は、ナナの住居と対照的だった。ゾラは、ミュファ伯爵の家の客間を次のように描いている。

……この客間は非常に広く、天井が高かった。（中略）しかし夕方になって、ランプやシャンデリヤが点されると、どっしりした帝政時代風のマホガニーの家具や、壁布や、繻子のように光る大きな模様の入った黄色いビロード張りの椅子のために、この部屋は一際重みを加えるのだった。ここへ入る人々は、冷やかな威厳の中へ、昔の風俗の中へ、敬虔な匂いを発散している過去の時代の中へと、足を踏み入れる思いがした。

（同書より）

このように、伝統の中にこもりながらもナナのような、新しいタイプの娼婦をわがものにしようとする貴族、そしてナナの周りに集まって、勃興しつつある自らの力をみせつけようとするブルジョワ階級、さらに、この二つの階級を食いものにしようとする娼婦とその取巻き――これら全ての人々のドラマが、ナナの住居とナナの夜食会と、そしてナナという人物に凝縮されているのである。

夜食会と自然主義文学

いろいろな意味で、ナナの夜食会は、この小説のハイライトであるが、この夜食会のメニューは、ゾラが一八七八年に新聞紙上でたまたま発見したものを活用したといわれている。それは、普仏戦争の際、パリから軽気球で脱出してプロシャに抗戦した革命家レオン・ガンベッタの友人で、一八七六年から上院議員であった、ド・クレシネ氏が、一八七八年十一月六日に催した夕食会のメニューをほぼそのまま借用したものだった。

そしてナナの夜食会は、当時パリの歓楽街モンマルトルに実際に存在した、ブレバンというレストランが出張して調理とサービスをしたと書かれている。ナナは当時、金持ちの情婦として小間使いまで雇ってはいたが、料理人を常時雇うわけにはいかず、新居のお披露目には、いわばケイタリングを利用したのであった。

また、このナナの夜食会は、そのメニューを、ゾラが新聞記事を基に詳細に組立てただけではなく、テーブルプランまでノートに書いてみた上で小説を書き始めただけあって（冒頭の描写のように）、夜食会全体の様子が実に丁寧に、一つのドキュメントのように描かれているのが特徴的だ。

すなわち、この小説は、ゾラに代表されるいわゆる自然主義文学の特徴を象徴しているものと言えるが、単に夜食会の情景の描写だけが自然主義的であるのではない。当時の社会の腐敗とブルジョワ階級の放逸が、夜食会の雰囲気、あるいは豊富で贅沢な料理とその食べ方、あるいはまた、豪華な食事に群がる人々の状態によって、象徴的に表されている（一説には元来、ゾラ自身、裕福な家庭や環境に育っていないことが、逆に豪華な料理の詳細をいちいち描写するような趣向に反映されているとも言われる）。

スズキのドレ　アンダルシア風

さらに言えば、ナナは次から次へと男を替え、文字どおり男を「食い物」にして生きている女性であり、そうした奔放な生き方が、この夜食会の料理と全体の雰囲気に反映されていると考えることもできる。

そうであるとすれば、この食事の場面は、様々な意味で、自然主義文学のいろいろな側面を象徴していると考えることができるのではなかろうか。

料理の再現

このナナの夜食会の料理の全てを再現することは、一九世紀末のフランスと二一世紀初めの日本の違いを考えてみただけでも、現実的ではない。では、どういう点にポイントをおき、どの料理を、どう組み合わせるべきか。

まず、一つは季節である。

ナナの夜食会が開催されたのは四月から五月にかけての頃と思われ、またその季節にふさわしくアスパラガスのピューレ（濃厚なスープ）が登場していることから、メニューの最初は、アスパラガスが適当だろう。

食事のメインコースに何を選ぶかだが、ナナの食卓の官能的雰囲気とある種の豪華さを演出するものとして、イギリス風の鹿肉料理を選ぶこととする。

アスパラガスの料理の仕方については、シェフの苦心がある。


アスパラガスのピューレですが、料理の手引きには「小麦粉とバターをオーブンでじっくり炒めたルーを使って」という記載があります。そのとおりに再現してみると濃度がありすぎて、現代にはそぐわない料理になってしまいました。その代わりに卵黄を湯煎にかけて泡立てたサバヨンとクリームを使い、さらに若鶏のジュを加えて仕上げました。皿の中央にはレタスとオゼイユ(すかんぽ)の葉をのせました。

牡鹿の英国風料理についても、古典的料理法では現代人の感覚からするとやや味気ない。シェフの工夫がここにも加わる。

英国風（ア・ラングレーズ）というのは、魚や肉の塊をブイヨンで茹でて、溶かしバターを添えるやり方をさすのが一般的です。このナナの食卓でも多分そういうやり方のものが出ていたとは思いますが、それだけでは少々味気ないので、ケッパーを加えた溶かしバターの他に、カシス風味のポワブラードソース（胡椒ソース）を加えました。洋梨をかたどったコロッケと、リンゴとレーズンのコンポートを添えてあります。赤身の肉をロゼ（桃色）にポシェするという調理法は牛肉では頻繁に用いられますが、鹿肉を使ったものは現代では見たことがありませんでした。ハーブを効かせたかなり濃いブイヨンで、肉の臭みを抜きながらゆっくりとポシェしています。その鹿肉ですが、北海道の蝦夷鹿を使いました。

問題は、この鹿肉のポシェとアスパラガスのピューレの間にどんな料理を入れるかである。ナナの食卓に登場したライン川の鯉のシャンボール風料理は、ライン川の鯉に代え、日本の鯉を使って再現することは可能だが、シャンボール風といわれるつけ合せは、トリュフをまぜた魚肉のつみれ、しわのある小さめのシャンピニオンのかさの部分、白子の薄切りに小麦粉をまぶして揚げたもの、オリーブの形にしたトリュフ、ゆでたざりがに、揚げたクルトンなどによるものであり、いたって濃厚である。その上、この料理はフランス料理の歴史上名高いエスコフィエのガイドブックによれば、魚肉の下にお米を敷くことになっており、いささか日本人の食卓に供するには奇抜すぎており、牡鹿と一緒に普通の食卓に供するには適当とはいえない。

ここに、またシェフの工夫がほどこされる。

アスパラガスのピューレと牡鹿のポシェの間に供する料理として、どんな要素を加えるとバランスの良い献立になるか、色々と思案しました。実際のナナの食卓には存在しませんが、ここは焼いた香り、トマトの酸味、ハーブの香りが最適なのではないかと考えて、スズキのアンダルシア風に行き当たりました。この料理はエスコフィエの本にも出ています。甘みを出すためにゆっくりと炒めた玉ねぎ、白ワイン、魚のフュメ、トマト、ピーマン、シャンピニオンをしいたグラタン皿にスズキのフィレを置いてオーブンで焼きます。最後に焼いたパン粉、イタリアンパセリ、バジルを振り、レモン・オリーブオイルで風味豊かに仕上げました。

ここで念のため、是非ともシャンボール風鯉料理をためしてみたいと思う方々のために、エスコフィエの書いたレシピーと、シャンボール風の味つけの仕方をフランス語の原文のまま書いておこう。（※51頁「シャンボール風鯉料理」「シャンボール風の味付けとは」参照）

また、いわゆるお口直しは、ナナの食卓にならって、蜜柑のシャーベットにするとして、デザートは何にするか。

小説の中ではアイスクリームがふんだんにふるまわれた様子が描かれていることから、その雰囲気を味わえる触媒役を探してみる。シェフの言葉を聞こう。

マンダリンのソルベ

ナナの食卓は、この時代のデザートに頻繁に用いられていた、アイスクリームを使ったノルウェー風オムレットを用意いたしました。日本ではベイクド・アラスカという名前の方がポピュラーですが、ピスタチオ、バニラ、苺の三色のアイスクリームを使ったオムレットをフランベ（強い酒をかけてアルコールを燃やす）します。

ブドウ酒の香り

次にナナの催した夜食会で出されたブドウ酒であるが、そこでは三つのブドウ酒が供されている。一つはムールソー（Meursault）、一つはシャンベルタン（Chambertin）、一つはレオヴィル（Leoville）である。

ムールソーは、ブルゴーニュの酒であり、（赤もないわけではないが）通常は白ブドウ酒を指す。比較的生産量も多いので、ムールソーという地域のどこから採れたブドウ酒かがはっきりわからないと、本当の意味で一流のワインかどうかは断定できない。ムールソーの中でも高級とされているのは、ジュヌヴリエール（Genevrières）、シャルム（Charmes）といったところであるが、ナナの食卓でどのムールソーが供されたかは明白でない。

シャンベルタンも、ブルゴーニュ産赤ブドウ酒の王様と呼ばれるほど有名であるが、これはジュブレ・シャンベルタン（Gevrey-Chambertin）という大きなコミューンの四分の一を占める地域から出てきたブドウ酒のことである。シャンベルタンからはいろいろな種類の酒が出ており、シャンベルタン地方のどこの生産者のものかを見極めなければ、その質について論じられないと言われている。

第三に、レオヴィルについては、フランス革命前は、ラスカス侯爵が持っている領地のブドウ酒をこう呼んでいたと言う。その後、ラスカス侯爵がイギリスに亡命した結果、現在、レオヴィルのかつての領地は、レオヴィル・ダルトン（Leoville d'Alton）、レオヴィル・ポワフェール（Leoville Poyferre）、レオヴィル・ラスカス（Leoville Las Cases）の三つに分かれている。良い酒とされているレオヴィルであるが、その味が丸みを帯び、質の高い味わいが出て来るのは、かなりの年月を経てからだと言われている。

小説『ナナ』にこの三つのワインが登場することには、象徴的な意味があると考えられる。

①シャンボール風鯉料理
鯉の料理の仕方（エスコフィエによる）

Carpe Chambord.— Choisir une carpe de 2 kilos environ, de l'espèce dite《carpe miroir》. L'emplir de farce fine de poisson additionnée de 250 grammes de laitance passée au tamis et 125 grammes de champignons crus, hachés, par kilo de farce. La recoudre; enlever la peau sur le milieu du corps, et des deux côtés; la piquer ou la clouter aux truffes. Ou bien: masquer de farce la partie mise à nu, et simuler les écailles avec des croissants en truffe.

La placer sur la grille de la poissonnière et la braiser sur fonds d'aromates avec mouillement, aux deux tiers de la hauteur du poisson, de vin rouge et de fonds de poisson, dans les proportions de deux tier de vin et un tiers de fonds. — Faire glacer au dernier moment.

Dresser la pièce sur un fond en riz pour l'exhausser légèrement, et l'entourer d'une garniture Chambord. (*Voir Chap. des Garnitures.*)［下記②］

Décorer la pièce de hâtelets composés avec des éléments de la garniture. — Sauce Genevoise tirée du fonds de braisage réduit.

②シャンボール風の味付けとは（エスコフィエによる）

Garniture Chambord (Pour grosses pièces de Poissons braisées).— 10 quenelles en farce de poissons truffée, moulées à la cuiller −4 grosses quenelles en forme d'ovale allongé, décorées −200 grammes de petites têtes de champignons cannelées −10 escalopes de laitances assaisonnées, farinées et sautées au beurre −200 grammes de truffes tournées en forme d'olives −6 écrevisses,troussées ou non, et cuites au court-bouillon −6 croûtons en crêtes, frits au beurre.

このいずれのワインも一流の酒であるから、ナナの催したこの夜食会の質はかなり高いことがわかる。しかし、同時に、これらのブドウ酒は、それぞれ、本当に高級なものかどうかはよく調べなければわからず、その名称だけでは曖昧な部分も多く、超一級のワイン――例えばムートン・ロスシルド（Mouton Rotschild）とか、シャトー・オー・ブリヨン（Chateau Haut-Brion）――と肩を並べるほどではなく、比較的手に入り易いものと言える。こうした事実は、ナナの夜食会のやや成金趣味的な雰囲気を極めてよく暗示している。

また、ワインにしろ、料理にしろ、様々なものが出されているにも拘らず、飲食物について招待客が言及しているのは、小説中でただ一カ所のみ（客の一人が簡単なコメントをしているだけ）である。これは、この夜食会の客たちが、おいしい料理やブドウ酒を楽しんでいても、それを題材にして知的な会話を交わすといったタイプの人々ではなかったことを表していると言えよう。

パリの化身ナナ

ナナの物語は、そのドラマチックな一生と全篇に漂う官能的雰囲気もあって、幾多の芸術家を刺激する作品となった。画家マネの描いたナナの絵は、そうした芸術作品のうち最も有名なものだが、この絵のモデルは、アンリエット・オゼールというやはりドミ・モンドの女性であったという。

また、小説『ナナ』は、一九二〇年代に有名な映画監督ジャン・ルノワールによって映画化さ

ノルウェー風オムレット

れて以来、何度か映画化されている。

このように多くの人々を魅惑し、また多くの人々の心を惑わせたナナとは、一体何だったのか。彼女はいわば、当時のパリの化身だった。ナナが女優であり、ナナの物語が、ヴァリエテ座という劇場に始まっているのは、いかにも象徴的である。

パリという都会全体が、一種の劇場であり、ナナの物語は、その劇場で演じられる人生劇にほかならなかった。その意味で、ナナは、当時のパリのめまぐるしい変化と激しい階級対立と野望の相克と腐敗と退廃のシンボルだった。

ナナが人生の最後を送ったパリのグランド・ホテル。オペラ座の側のこのホテルは、贅沢と浪費と邂逅の場所であったが、同時に、誰もそこを常住の場所とはしない、中途半端な、ある意味では空虚な場所であり、いかなる人にとっても心のふるさととなりえない所だった。そこが、ナナの終焉の場所であったことは、ナナの放浪の人生をいかにも象徴している。

第3章　エンマ・ボヴァリーの結婚披露宴の食卓

——『ボヴァリー夫人』ギュスターヴ・フローベール

VOL. 3

『ボヴァリー夫人』ギュスターヴ・フローベールの夕べ

Menu

Amuses-Bouches Crevettes au Cidre,
Tripes à La Mode de Caen
食前のアミューズ
小海老のシードル風味とカーン風トリップのシチュー

Filet de Barbue Normande à l'Oseille
ノルマンディー産平目のオゼイユ風味

Rôt de Cochon de Lait au Foin
乳飲み仔豚の干草包み焼き

Camembert au Calvados
カルバドス風味のカマンベール

Croquembouche et Tarte aux Pommes
プロフィットロールのクロカンブーシュとリンゴのタルト

Grogs au Kirsch
キルシュ風味のグロッグ

Café ou Thé, Mignardises
コーヒー又は紅茶とミニャルディーズ

乳飲み仔豚の干草包み焼き

ギュスターヴ・フローベール
(Gustave FLAUBERT：1821 ～ 80)

いわゆる写実主義文学を確立し、モーパッサンをはじめとして、多くの後世の作家に影響を与えた。

ルーアンの外科医の息子として生まれ、一時パリで法律を学んだが、神経発作をおこした後は文学に転じ、1846 年の父の死後、ルーアン近郊のクロワッセに引きこもって執筆に専念した。

現実におこった事件を題材にした『ボヴァリー夫人』(1857) は、写実主義文学の傑作とされる。この小説が雑誌に連載されると、著者は風俗紊乱の罪に問われ、裁判沙汰に発展したが、結局無罪となった。フローベールが記者に言ったとされる「ボヴァリー夫人は私だ」との言葉は、自然主義の象徴的言葉とされている。

『ボヴァリー夫人』以外の主要作には、半自伝小説といわれる『感情教育』や古代カルタゴを舞台とした『サランボー』などがある。

あらすじ&解説　『ボヴァリー夫人』

ノルマンディーの小さな村に、シャルル・ボヴァリーという衛生士が住んでいる。正式な医師の資格は持っていないものの、実際には開業医と同様の仕事をしているが、大きな手術等は行う技術がなく、現に失敗したりしている。彼は、あまりぱっとしないお金持ちの女性と結婚したが、この女性が亡くなった後、若く非常に魅力的な女性、エンマと再婚する。エンマは農家の出身であるが、ロマンティックな考え方をする夢見がちな少女であり、ありきたりで単純な夫の性格、またそういう夫との田舎の生活に飽き足らない。その結果、隣人のブルジョワであるロドルフと情熱的な恋に落ち、浮気する。しかし、ロドルフはエンマのあまりの情熱に恐れをなし、また、エンマもロドルフの小市民的な性格に次第にいらいらするようになり、最終的に二人の仲は清算される。その後エンマは、レオンという若い公証人見習いと恋に落ち、その過程で大きな借金を背負う。レオンと一緒になることもなく、恋も破れ、結婚生活も破綻し、また経済的にもほぼ破滅して、最後にエンマは毒を呷って死ぬ。夫シャルルも、エンマの死後、彼女がレオンと交わした恋の手紙を発見し、絶望して死ぬ。

現実と想像の世界の間の橋渡し

食卓の上には牛の腰肉が四切れ、若鶏《わかどり》のフリカッセ六つ、犢肉《こうしにく》のシチューに羊の股三つ、真中にはみごとな仔豚の丸焼、これは酸模《すかんぽ》をそえた四本の腸詰《ちょうづめ》で飾られていた。食卓の四隅にはブランデーが飾りびんに入れてすえてある。壜詰の甘口リンゴ酒は、栓《せん》のまわりにこってりした泡を吹いていた。そしてどのグラスにも、ブドウ酒がいまからなみなみと注がれていた。大きな皿に盛った黄色のクリームは、テーブルが少し動いてもゆらゆらした。クリームの平らな表面には、新郎新婦の頭文字《かしらもじ》が小粒の金平糖を唐草式《アラベスク》につらねて書いてある。タートやヌガのためにはわざわざイヴトー町から菓子屋が連れてきてあった。

（伊吹武彦訳『ボヴァリー夫人』〈岩波文庫〉より）

これは、シャルル・ボヴァリーとエンマ・ボヴァリーの結婚式の披露宴の食卓である。時は一八五〇年頃、所はフランス北部のノルマンディーの農場だった。

農場の車置場に装飾をほどこし、食卓を並べ、四十人以上の客を招待し、のべ十六時間にも及ぶ宴会だった。

それというのも、エンマは華やかな結婚披露宴を望み、夜になると炬火をともしてロマンチックな雰囲気を演出した。

こうしたエンマのロマンチックな性格は、エンマの生れ、育ちと関係していた。農家の出身で、周囲に都会的な刺激や華麗な雰囲気を欠いていただけに、娘らしいロマンチックな夢にあこがれた。

そのエンマは、田舎町の平凡な、正式に医師の資格を得るに到らなかった衛生士と結婚したせいもあって、次第に夫の凡庸さと田舎の単調さにうずもれた生活に飽き足らなくなっていく。

人物としてボヴァリー夫人を考察すると、夫人は、自分を現実の自分以外の者と見がちな人物で、違う世界に生きている人間として自分を想定してしまう癖がある人である（このように想像の世界

食前のアミューズ　小海老のシードル風味とカーン風トリップのシチュー

に自分を置く性格を、『ボヴァリー夫人』の名前を取って「ボヴァリズム」と呼ぶこともある)。このように、想像の世界に自分を置いて常にその世界に回帰していくためには、触媒——あるときには物、あるときには匂いや色の感覚——が必要であり、この小説は、ボヴァリー夫人を取り巻く現実と、想像の世界と、その橋渡し役となる触媒ないし感覚的刺激との、三つ巴の構成になっているとも言える（想像の世界への橋渡しに感覚的刺激が触媒となっている点では、プルーストの『失われた時を求めて』の主人公の感覚とやや似たところがあるともいえ、プルーストは、現にフローベールの作品論を書いているほどである)。

そして、エンマのそうした性向が不倫の恋の道へと自らを導き、やがて破滅させる。

従って、エンマとその夫シャルルとの結婚式の場面は、二人の夫婦関係の始まりであるとともに、エンマの破局への道の出発でもあり、華やかに見えながら、どこか調和のとれない田舎風の結婚式の情景は、食事の後の客たちの様子にも反映されていた。

花嫁はしきたりのいたずらをされないようによく父親に頼んでおいた。ところが親類の魚屋（この男は結婚のお祝いに比目魚《ひらめ》を一対持ってきた）が、口に含んだ水を鍵穴から吹き入れようとした。そこを父親は危く止めにきて、自分の婿はれっきとした身分の人だ、そんな無礼はならぬといい聞かせた。しかし親類は容易になっとくせず、腹の底では、ルオーじいさん威張っているぞと憤慨して、すみっこにいる四、五人の客の仲間入りをした。この連中も、酒宴の時にたまたま肉の悪いところをたて続けに出されたところから、これまた冷遇されたものと思い込み、主人役ルオーじいさんの蔭口《かげぐち》をきいて、それとなく、じいさんの身代《しんだい》限りを願っていたのである。

（同書より）

こうした情景の背後には、当時のフランス社会の中に渦まく新しい動きとそれに反撥する人たちの感情や思いがあった。

この小説の舞台あるいは背景となった一九世紀半ばのフランス社会。そこではブルジョワ階級が台頭し始め、それとともにコンフォミズム（順応主義）が社会の風潮となっていた。いわば、特定の風俗に従うことが階級のシンボルである時代に突入しており、その波の中で個人は片方で翻弄され、片方で知らず知らずのうちに反撥した。そうした傾向を感じとっていたフローベールは農家の生活や風習、新興のブルジョワと伝統的貴族の風習や考え方の微妙な差を、エンマ・ボヴァリーの生活と人生を通じて緻密に描写した。特にフローベール自身が嫌悪していたブルジョワ的生き方を写実的に描き、それによって、ブルジョワ階級の卑俗なメンタリティを冷たく浮きぼりにしたのだった。

結婚披露宴の食事

さて、エンマ・ボヴァリーの結婚披露宴の食事のシーンを文学作品として見ると、鑑賞の視点として三つの点を頭におく必要があろう。

第一は、階級の違いである。貴族階級とブルジョワ階級と農民とのメンタリティの違いが、食事における人々の態度や食事の供され方にも表れている。とりわけ、ブルジョワであるシャルル・ボヴァリーとの結婚式における、ブルジョワ・ムード溢れる食事のシーンと、ボヴァリー夫人が貴族の城に招かれた際の夕食会のシーンとを比較してみると、食事の様子のコントラストが際立ち、とりわけ興味深い。

第二は、ノルマンディーの風俗が微妙な形で食事に反映されている点である。たとえば、ノルマンディーでは、酒と言えば（もちろんブドウ酒も出されないわけではないが）主にシードル（リンゴ酒）であり、この食事にもシードルが登場しており、物語の随所にノルマンディーの雰囲気がおりこまれている。

第三の見所は、ボヴァリズムとの関連である。食事のシーンにおいて、感覚的な連想がどのように使われているか、ボヴァリズムがいかに反映されているか、を見る必要がある。

さて、ここで、エンマ・ボヴァリーの結婚披露宴の食事を二一世紀の日本人の舌と趣味を考えながらどう再現するかについて、シェフの工夫を聞こう。まず、ノルマンディーの地方色の演出である。


食前のアミューズ・ブーシュ（オードブルの前に出すおつまみ）として、ノルマンディー地方特産のシードルで風味豊かにポシェした小海老と、トリップ（臓物）のシチューを試みました。ノルマンディーの町で、第二次大戦中、連合軍のノルマンディー作戦の中心となったカーンの名をとったトリップです。一般的にカーン風と言いますと、よく炒めた玉ねぎと一緒に、水や鶏のブイヨンで煮込んだものですが、ここではマスタードとハーブ、そして少量のトマトを使って味にアクセントをつけました。

次の平目のオゼイユ（すかんぽ）風味。同じ名前の魚でも、日本で捕れるものとヨーロッパ産のものでは味や身質に違いがありますが、その中で、特に違いが顕著なものが平目です。特別にノルマンディー産の平目を取り寄せました。身質がしっかりと締まっています。ソースは白ワインと舌平目のフュメ（燻製）を使ったクラシカルなクリームソースに、たっぷりのオゼイユのピューレを加えてあります。オゼイユは大変熱に弱く、火を入れてピューレを作る際には鮮やかなグリーンがすぐに失われてしまいますので、ホウレン草のピューレを加えて色を補っています。グリーンピースとフェヴェット（小さなソラマメ）を付け合せました。

ノルマンディー産平目のオゼイユ風味

メイン・ディッシュについては、農場での、ほとんど野外に近い雰囲気での宴会というムードを出すことも考えて、仔豚の丸焼きとする。

生後四カ月ほど、まだ母親のお乳を飲んでいる、癖のない仔豚を選びました。皮付きのままの肉を干草と共にココット（シチュー鍋）の中で、干草の香りを肉に閉じ込めるよう、風味豊かに蒸し焼きします。それを食卓でデクパージュ（切り分け）することとします。キャトルエピス（黒種草《くろたねそう》）の香りをつけたリンゴと仔豚のジュを加えます。

ここでシェフは、ちょっとした「遊び」を加えた。この料理の名前を、通常の焼肉に使う〝RÔTI〟というフランス語ではなく、その古語である〝RÔT〟という言葉をあえて使ったのだ。そうすることで、この焼肉料理に結婚式らしい一種の特別料理的響きを与えたのだった（乳飲み仔豚の干草包み焼き〝Rôt de Cochon de Lait au Foin〟）。

次にフロマージュ。ノルマンディー地方となれば、やはりカマンベールだが、近年あちこちで似た製品が出て来ているので、これぞノルマンディーと思わせるために、ノルマンディー特産のリンゴから作ったリキュール、カルバドスの風味をつけたフロマージュとする。

若めのカマンベールをカルバドスに漬け込んだあと、パン粉とカルバドスでもう一度覆い、醗酵させます。その切り身にカソナード（赤砂糖）をかけてバーナーで炙り、松の実を散らします。

さてデザートは、本来であれば、エンマの宴会に出て来る、次のような特別メニューでなければならぬ。

この土地は初のお目見えなので、菓子屋は万事念入りにやった。デザートにはみずから菓子の造りものを運んできて一同をあっといわせた。まず一番下には、青いボール箱の四角なのが殿堂をかたどり、廻廊もあれば列柱もあり、まわりには漆喰製の小さな像が立ちならび、それぞれ金紙の星をちりばめた龕《がん》の中におさまっていた。ついで第二段にはスポンジ・ケーキの櫓《やぐら》が立ち、まわりには、鎧草《アンジ》（エリカ）の砂糖漬やアーモンドやほしぶどうでこしらえた小さな砦《とりで》をめぐらしてある。最後に、一番上の平屋根は緑の原で、そこには岩山があり、またジャムの湖水に榛《はしばみ》の実の殻で造った舟が浮かんでいた。野原には小さな愛の天使がチョコレートのブランコに乗っているのが見え、ブランコの二本の柱の先には、珠《たま》にかたどった本物のばらのつぼみが二つついていた。

（同書より）

しかし、こうした華麗なデザートを結婚披露宴でもない通常の夕食会に再現することは、他の料理との調和もあって難しい。そこで、ここでもノルマンディーらしくリンゴを使ったデザートとする。

このエンマ・ボヴァリーの結婚式には、タルトのような焼き菓子やヌガーをはじめとする小菓子が多数用意されていたということですので、クロカンブーシュ（かりかりした小菓子）と素朴な雰囲気のリンゴのタルトにしました。このリンゴのタルトには、ノルマンディーらしく横にクリームが添えてあります。同時に結婚式のムードにあわせてグロッグ（強い酒に砂糖とレモンを加えて温めたもの）を供します。グロッグには、ラム酒をベースにライムジュースとお湯を加え、シナモン・丁子《ちょうじ》・キルシュで風味をつけます。

青い色の意味

ところで、元々の小説の中のデザートは、やぐらを持った城のような形をしており、その下部は「青いボール箱」の殿堂にあつらえてあることには、重要な意味がある。

この小説において、青い色、あるいは青味がかった色は、時として物事の平凡さと味気なさを暗示し、また時としては、そうした表面の下に潜む官能のうずきの象徴として用いられているからだ。

エンマが青年ロドルフと道ならぬ恋に陥る時、エンマの顔は青味がかる。

カルバドス風味のカマンベール

また、エンマが借金に苦しみ、当座の金繰りにも困った時、夫の顧客のドレズレー氏から折よく送金があったが、その時、その金の入っていた封筒は「青い紙」であった。
ここでは、青はエンマの運命の浮沈を暗示する色であった。このように、青い色は、エンマの人生の象徴でもあったのだ。そして、この青や青味がかった色は、この小説全体を支配するような色つやとなり、物語に一種独特の色調を与えている。

社会階級と食事

『ボヴァリー夫人』の中で食事は、いくつかの視点から特別の意味を与えられているが、このうち階級による食事の様子の違いについて見てみよう。具体的には、貴族の城、すなわち、ダンデルヴィリエ侯爵邸における、舞踏会兼夕食会のシーンと、エンマとシャルルの結婚式の食事のシーンを比較してみよう。もちろん舞踏会と結婚式とはそもそも性格が異なり、舞踏会では食事が大きな位置を占めることはないが、結婚式の披露宴では食事そのものの比重が大きい。そうした差を差し引いても、両者の違いは非常に興味深い。たとえば、結婚式の披露宴のシーンでは、食事の中身まで詳細に描かれており、多くの食物が豊かに描写され、客たちがそれを楽しみながら食していることが、生き生きと表現されている。それに対して、舞踏会の夕食会のシーンでは、食べ物は、ボヴァリー夫人がそれを見た、嗅いだという間接的な描写でしか登場しない。人々がものを食べているシーンは、侯爵の年取った義理の父が唇を垂らすようにしながら異様な姿で貪り食べているという場面のみであり、しかもそうした情景をボヴァリー夫人が眺めているという形でしか描かれていない。

これは、食べるという行為が、ブルジョワ階級の生活の中では大きな意味を持っていたのに対し、貴族階級においては必ずしも重要な位置を占めてはいないことを意味している。今や年老いて他に何の楽しみもなくなった貴族の老人が、人々の白い目を尻目に、召使に給仕させながら食べる場面が生き生きと描き出されていることは、ある意味では、貴族社会においては、食べるという行為は本来はその生活のごく一部でしかないことを、逆説的に表しているとも考えられる。

加えて、他の興味深い点としては、結婚式の場面においては、招待された人々が席に着く前に、既にブドウ酒がグラス一杯に注がれていることである。一方、侯爵の館での晩餐会では、ボヴァリー夫人が、何人かの婦人たちは手袋をグラスに入れていないことに気付いたという描写がある。このことは、一九紀の初めから半ばにかけて一種のロマンティシズムが流行し、婦人に対しては特別にロマンティックなイメージが（特に貴族社会においては）抱かれていたことと関係している。そうしたロマンティシズムのため、婦人は人前でものを食べたり飲んだりすることを控える傾向があり、自らのロマンティックなイメージを維持するために、酒を注がないでよいという合図として、手袋をワイン・グラスの中に入れておく、という風習があったと言われる。エンマ・ボヴァリーも当然その風習を知っており、上流社会においては多くの婦人がブドウ酒のグラスに手袋を入れていると思っていたところ、実際に貴族の晩餐会に出席してみると、そのようにしていない女性客が何人かいることに気付いてやや驚いたのだった。また、このことは出席した婦人の中に、ロマンティックでない人がいた、あるいはそういう風習を知らない人々がいた、ということを暗示している。

この二つの食事会の違いは他にもある。結婚式では、仔牛、鶏、羊のロースト、仔豚、リブ・ロース、腸詰等が出されているが、侯爵家の食事では、トリュフ、海老、鶉といったものが並ぶ。この両者を比較すれば、侯爵家の料理とボヴァリー家の料理の違いが際立って見える。

ノルマンディーの風俗と食事との関係においても、階級の差が出ている。結婚式の場面においては、ノルマンディーの特産物シードルが出て来ており、食後には、キルシュ入りのグロッグや、既に開けた瓶からカラフにうつされた強い蒸留酒（オドゥヴィ）が出てきている。これらを見ても、ボヴァリー夫人の食事がいかにもノルマンディーらしい食事であることがわかるが、これに対して貴族の食事は、きわめて「パリ風」であり、ノルマンディーの風俗をあまり感じさせず、このあたりにも両者の違いが浮きぼりにされている。

小説をめぐるエピソード

小説『ボヴァリー夫人』は、フランス文学史上、文学作品そのものの価値とは別の意味でも有名である。すなわち、この書は、背徳の書として刑事訴訟の対象となり、フローベール自ら被告となった。結局、作家は刑法上の罪を免れたが、作品の一部、すなわちエンマ・ボヴァリーが浮気する部分については、伏字にするようにとの命令が出されたという。この裁判にあたって、フローベールは、自分の作品が背徳の書であるかのごとき印象を世間が持ち、それが作品についての人気を高めるようになることは我慢できないとの趣旨を述べ、訴訟に異議を唱えたといわれている。

ところで、小説『ボヴァリー夫人』は、実は、ある実話をモデルにしている。

その実話とはドラマール事件とよばれるものである。

フローベールの父は、ルアンの病院の著名な医者であったが、その弟子にドラマールという名の医者がおり、ルアン市の郊外の村に開業していた。ところが、このドラマールの妻デルフィーヌが情夫を持ち、あげくの果て借財に苦しんで自殺するという事件が起った。

『ボヴァリー夫人』は、このドラマール事件をモデルにしたものといわれている。

プロフィットロールのクロカンブーシュとリンゴのタルト

さて、フローベールの食卓の最後の難関は、食事に合うブドウ酒の選択である。

ノルマンディー地方は、極く一部で白ワインの生産があるが、ブドウ酒の生産は皆無に近く、ノルマンディー地方の大学、例えばカーンの大学の学生食堂などではもっぱらリンゴ酒が供され、ブドウ酒はあまり飲まれない。

『ボヴァリー夫人』の中でも、結婚披露宴でブドウ酒が供されたとは書かれておらず、ブランデーとリンゴ酒が言及されているだけである。

そこで、ボヴァリー夫人の食卓には、普通のブドウ酒、すなわち、ボルドーやブルゴーニュのブドウ酒を避け、軽めの味で、かつ、リンゴ酒にもやや似たフルーティーな味わいのあるロワール川流域のワインを選ぶこととする。

それで選ばれたのが、白はサンセール（Sancerre）、赤はシノンルージュ（Chinon Rouge）であった。

▼サンセールとシノン

サンセールはロワール川の上流にあたる地域のブドウ酒で、ソーヴィニョンブラン（Sauvignon Blanc）という白葡萄を基に作られ、ハーブの香りとフルーティーでフレッシュな酸味を持つロワール地方を代表するワインである。また、ワイン名にもなっている「シレックス」とはこの地方特有の火打石ともいわれる石灰質の土壌のことで、この土壌から生まれるワインは豊かなミネラルが特徴で、ワインに繊細さを与えている。

シノンはサンセールと同じロワール地方ながら、ロワール川のやや下流のトゥーレーヌ地方のブドウ酒である。このワインの原料になるカベルネフランという葡萄は、チェリーのような果実味と爽やかなハーブの香りが特徴で、渋みが優しくしなやかな味わいがある。

第4章　「粋な男《ベラミ》」をめぐる食と欲

——『ベラミ』ギ・ド・モーパッサン

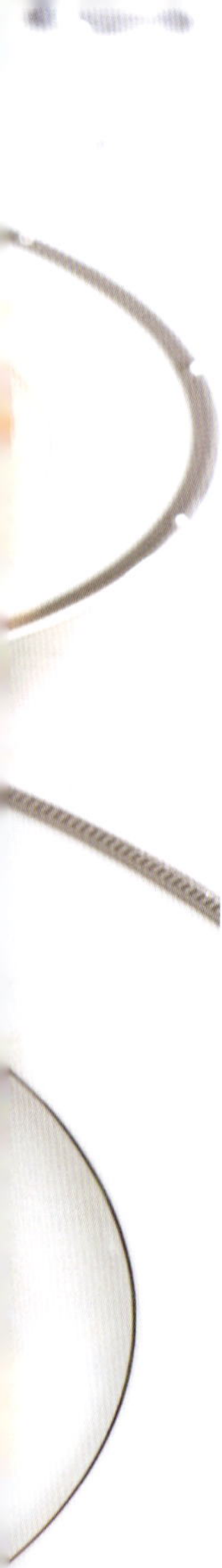

VOL. 4

『ベラミ』モーパッサンの夕べ

Menu

Terrine de Foie Gras Accompagnée d'une Salade aux Feuilles Dentelées
フォアグラのテリーヌ
タンポポ・シコレ・エルーカのサラダと共に

Huîtres Chaudes, Sauce Ravigotte et Sauce Riche
岩牡蠣の温製を２種類のソースで
ソース・ラヴィゴットとソース・リッシュ

Côtelettes d'Agneau Couchées sur un Lit Epais et Menu de Pointes d'Asperges
仔羊のコートレット
ベアルネーズソースをかけたグリーンアスパラガスにのせて

Brie de Meaux et Brie de Melun à la Truffe d'Eté
ブリー・ド・モーとブリー・ド・ムラン サマートリュフ風味

Pêche Dame-Blanche
白桃のダム・ブランシュ

Café ou Thé, Mignardises
コーヒー又は紅茶とミニャルディーズ

仔羊のコートレット　ベアルネーズソースをかけたグリーンアスパラガスにのせて

アンリ・ルネ・アルベール・ギ・ド・モーパッサン
(Henri René Albert Guy de MAUPASSANT：1850 ～ 93)

ノルマンディーで生まれ、母親の友人であったギュスターヴ・フローベールに師事し、役人生活の傍ら小説を執筆した。1880 年の「脂肪の塊」で世に広く認められ、その後の約 10 年の間に、長編『女の一生』『ベラミ』や中短篇等、300 を越す小説を書き残している。写実主義の技法を用いた小説は日本でもよく読まれ、フランス文学の中でも翻訳書の多い作家の一人である。

社交界に出入りして華々しい女性遍歴をくりひろげたことや、海を愛して「ベラミ号」と命名した愛艇（ヨット）で地中海を旅行したこと、さらにはエッフェル塔を嫌い、「エッフェル塔が唯一見えない場所だから」と、エッフェル塔の 1 階にあるレストランによく通ったという逸話を残している。

梅毒による進行性麻痺で 1891 年頃から精神病を患い、1893 年に悲劇的な死をとげた。

■あらすじ&解説　『ベラミ』

この小説が書かれたのは一八八五年である。モーパッサンはそれまでにも既に多くの短編小説を書いているが、彼が発表したほとんど初めての長編小説が、この『ベラミ』であると言える。そこには、ブルジョワ階級の腐敗や女性の浮気といった、当時のフランス社会の様々な断面が描かれており、しかもその描写は、音や匂いの記述に充ちた官能的なものになっている。

小説『ベラミ』において主人公の「ベラミ」は、女性を踏み台にし、道具として利用することによって出世していく、極めて野心的な男の典型として描かれている。

ベラミこと、ジョルジュ・デュロワは、アルジェリアでの軍隊勤めを終えて帰国し、貧窮生活を送っている時、幼友達のフォレスチエに出会う。やがてフォレスチエが死に、ベラミはその未亡人と結婚するものの、彼女を利用し尽くした後、彼女の浮気の現場を取り押さえる形で別れる。しかしこれは実のところ、自分が他の財産家の女性に乗り換えるための策略であった。最後にベラミは大金持ちの銀行家の娘と結婚するが、その過程で、娘の母親（銀行家の妻ヴァルテル夫人）と情を通じ、いわば母娘の双方と関係を持つという異常な行動までとる。ベラミの人生にはどこか冷めたところがあり、ベラミは間違いなく野心家ではあるが、読者はなぜかベラミを徹底的に憎むことはできない。一種の清々しさすら感じさせる野心家に仕立て上げられているところが、『ベラミ』の人物像のミソであるかもしれない。

カフェ・リッシュの料理

四人前の食器を並べた四角なテーブルが、白いテーブル掛けを広げていた。真白に光っているのでまるでニスでも塗ったのかと思うくらいである。コップや銀器や皿温めの器が、背の高い二つの燭台に立てられた十二本の蠟燭の焔に照らされて華やかに輝いていた。

窓の外には、方々の特別室から洩れる強いあかりに照らされた一本の樹の葉の茂みが明るい緑色の大きなしみになって見えた。（中略）

最初のアントレの皿がなかなか運ばれて来なかったので、四人は、丸いプチ・パンの背中から皮をむしり取って、むしゃむしゃ齧りながら、時々シャンペンを一口ずつ飲んだ。と、恋という考えが、ゆっくりと段々に侵入して来て、四人の身うちに忍びこみ、少しずつ彼らの魂を酔いしれさせた。澄んだ色のぶどう酒が、一滴ずつ喉をすべり落ちながら、次第に血を湧かせ、精神を朦朧とさせるように。

仔羊の肋肉《あばら》が運ばれて来た。柔かい、ふわりとした肉が、アスパラガスの尖芽を厚く並べた上にのっている。

――すてきだ！　こいつはうまそうだぞ！　と、フォレスチエが叫んだ。

と、みんなはゆっくり食べた。この柔かい肉とクリームのようにすべすべした野菜の味覚を楽しみながら。

デュロワが言葉を続けた。

――僕はね、女を好きになると、その女の周囲からすべてのものが消えてしまうね。

彼は確信をこめてこのことを言っていた。いま味わっている食卓の楽しみの幸福の中で、愛の享楽を思ってきおい立ちながら。

（杉捷夫訳『ベラミ』岩波書店より）

フォアグラのテリーヌ　タンポポ・シコレ・エルーカのサラダと共に

四人の男女が、恋のさやあてにも似た会話を交わしながら、料理に舌鼓を打っている情景。

時は一八七〇年代のある年の秋のはじめ。

所はパリの中心部ブルヴァール・デジタリアンのカフェ「リッシュ」。

集った人々は、ベラミことジョルジュ・デュロワとその恋人マレル夫人、それにデュロワの友人であリパトロンのフォレスチエとその夫人。

パリの官能の世界

マレル夫人が言い出して開かれたこの食事の場所、カフェ・リッシュは、当時パリで評判の高いレストラン兼カフェであった。

▼「カフェ・リッシュ」
カフェ・リッシュは、一七九一年、パリの中心部ブルヴァール・デジタリアンに開店した有名なカフェ・レストランで、一八六五年頃から非常に流行りだしたと言われる。アレクサンドル・デュマ、ミュッセ、ゴンクール兄弟、ボードレールらがしばしば足を運んでおり、ゴンクールの日記には、「ネクタイなしのカラーだけで、剃り上げた坊主頭はギロチンに掛けられた男の身仕舞いにそっくりな男、小さい手は女のようにきれいだ」と、このカフェで食事をしているボードレールを描写した部分があると言われている。さらに、一八八〇年代の初めには、ピサロ、ルノワール、モネ、シスレーといった芸術家たちの

姿が見られたこともあったという。

一八七〇年代から八〇年代にかけて、パリには著名なカフェ兼レストランが軒を並べ、カフェ・リッシュは、数軒先のカフェ・アルディと並び称され、

（カフェ）アルディ（大胆の意）で食事するにはリッシュ（金持ち）でなければならず
（カフェ）リッシュで食事をするにはアルディでなければならぬ

という冗談が流行したほどだったという。

モーパッサンの最初の長篇小説といわれる『ベラミ』の中でカフェ・リッシュが登場するのは、時代のいわば最先端の雰囲気をかもし出すものだった。

実はフランスの著名な小説の中で、『ベラミ』ほど、名のあるカフェやレストランが実名で登場する小説は少ないのではないかと思われる。

カフェ・アメリカン、カフェ・ナポリタン、カフェ・リッシュ、カフェ・トルトーニ、カフェ・アングレ等々、同じブルヴァール・デジタリアンに軒を並べたカフェだけではない。マネが描いた絵で知られるレストラン「ル・ペール・ラテュイル」や、観光客で賑っていたキャバレー「フォリー・ベルジェール」などが小説『ベラミ』には登場する。

これには実は深い意味が秘められている。こうしたカフェやレストランやキャバレーは、丁度その頃華麗さを整えつつあった一九世紀後半のパリを、一番よく象徴するものであった。そして、同時に、出世街道をかけ上る主人公ベラミの、虚飾の人生のシンボルでもあったのだ。

さらに、これらの場所は、パリの快楽と官能のあふれる盛り場であり、小説『ベラミ』にパリの官能の香りをふきこむ材料ともなっている。

▼小説『ベラミ』をめぐって

当時のフランス社会は大きく変動しつつあり、さまざまなチャンスと挫折が溢れていただけに、こうした社会に生きるベラミの姿からは、野心家にひそむある種の孤独、ある種の隔絶感も感じられる。

たとえば、ベラミが友人のフォレスチエを訪問する際、その住居の入口の鏡に映った自分の姿を目にするが、ベラミは一瞬それが誰だかわからない、という場面がある。作者のモーパッサン自身、ある手紙の中で「鏡に映る自分自身の姿を見ていると、自我の観念を喪失するような気がする」と書いており、モーパッサンに特有の、ある種の断絶感や拒絶感が、ベラミの中に投影されていると考えることもできる。そうとすると、「ベラミは自分だ」というモーパッサンの有名な台詞の意味もよく分かる気がする。

なお『ベラミ』は、一九二二年に『美貌の友』という邦題で広津和郎氏が最初に日本語に翻訳している。モーパッサンの他の作品同様、永井荷風はじめ日本の文学者にも大きな影響を及ぼしたと言われる小説である。

そうした『ベラミ』の世界は、味覚や嗅覚への刺激の描写によって色どられている。

岩牡蠣の温製を２種類のソースで　ソース・ラヴィゴットとソース・リッシュ

ベラミが、銀行家ヴァルテル氏の夫人のエスコートとして、大臣の招宴に出かけた場面で、催物会場にあてられた地下室の「香り」を描いたくだりは、その後のベラミとヴァルテル夫人の肉体関係を暗示するかの如くである。

地下室の臭気がこの螺旋階段《らせんかいだん》から昇ってきた。じめじめした空気の暖められた匂い、場合が場合だというので急に拭い取ったかび臭い壁の匂い、それからまたミサを思わせる安息香の香気、それから、リュバン水や、ヴェルヴェーヌやイリスや菫《すみれ》の香りなどの婦人の肌から発散する匂い。（同書より）

こうした官能の世界のシンボルの一つこそ、カフェ・リッシュの料理であったが、この料理の値段はいかほどであったのか。

四人分の料理に、マレル夫人は一四〇フランを払い、チップとして五フラン追加したことになっている。

当時の一フランとは、今日の値段に換算するとどの程度の価値であったのか。

この小説の作者モーパッサンが、一八七二年頃の自分の生活を記した手記によると、一カ月の散髪代に〇・六フラン、（三〇回分の）昼食代に三六フラン支払ったことになっている。また、小説『ベラミ』の中で背広を一そろい新調するために友人のフォレスチエがまだ貧しい頃のベラミに貸したお金が四〇フランであった。こうした数字を基に計算してみると、当時の一フランは、今日の日本の物価で言えば一〇〇〇円前後にあたると考えてよいであろう。そうとするとカフェ・リッシュの食事は、しめて一人前三万五〇〇〇円位となり、丁度今日の東京の高級フランス料理店の値段（ワイン込み）に匹敵することになる。

現代版メニュー作成の苦心

さて、この一九世紀のパリの一流レストランの料理を再現しようとすると、そのメニュー作りにはいくつかの工夫を要する。

まず、前菜を小説通りに、牡蠣にするか否かの判断がある。

前菜を牡蠣にして、魚料理、肉料理と続けるのならば、牡蠣は生牡蠣でレモンだけで食べるような極く軽いタッチのものが適当と思われるが、ここでは季節の問題（たまたまこの料理を再現しようとした時期が夏にあたったこと）もあって、夏の牡蠣である岩牡蠣を魚料理に代えて出すことにした。またそのソースには、カフェ・リッシュゆかりのものを使用するという工夫も加えた。斉藤シェフの解説を聞こう。

『ベラミ』の中ではオステンドの牡蠣とありますが、ここでは鹿島灘産の天然の岩牡蠣を使います。よく、英語でRの付く月は牡蠣を食べないと言われますが、これは殻の形が縦長の通常の牡蠣にしろ円形のブロン（ブロン牡蠣）にしろ、五月から八月にかけて一気に産卵を迎えるため、旨みがなくなりきわめて味が落ちるために、この時期の牡蠣を食べないのだとされています。ところが天然の岩牡蠣は、同じ産卵でも七月から十一月にかけてゆっくりと進行するので夏でも味が落ちず、逆に夏場が旬とされています。この牡蠣に二種類のソースを用いることにしました。まず、トマトをたっぷり使った酸味の効いたラヴィゴットソース（タラゴンなどのハーブの味をきかせた酢味のソース）、それに加えてソース・リッシュという二つのソースです。ソース・リッシュはカフェ・リッシュが最盛期を迎えた時の料理長ビニョン（Bignon）の時代に考案された有名なソースで、煮詰めたムール貝と舌平目のフュメにクリームを加え、オマール海老のコライユ（卵巣）を練りこんだバターで仕上げたソースです。

このように魚料理を岩牡蠣に代えると、前菜をどうするかの問題が生ずる。ベラミとマレル夫人との官能的恋のさやあてを考えると、やはり濃厚な感覚としっとりさの双方を併せ持つフォアグラを使いたいという気になる。そこでフォアグラの名産地の一つ、フランス・ランド地方の鴨のフォアグラのテリーヌを前菜にすることとする。

フォアグラには鴨（カナール）のものと鵞鳥（オア）のものがあるが、熱処理をした時、脂が溶け出る温度に、鵞鳥のものと鴨のものとでは違いがある。すなわち、鴨のものの方が融点が低いので、テリーヌのように低温で処理するものには、鴨が向いているとされている。

さてテリーヌの付け合せであるが、このあたりにもシェフの工夫がある。

ブリー・ド・モーとブリー・ド・ムラン　サマートリュフ風味

付け合せには、タンポポ・エルーカ・シコレといったほろ苦いサラダをヴィネグレット（酢・油・塩で作ったソース）で合せたものとクラシックなポルト酒のゼリー、フルール・ド・セルとミニョネット（粗くつぶした胡椒）、それに加えてブリオッシュ（パン菓子）のトーストを添え、ねっとり、しっとり感を感じられるようにしました。

いよいよメイン・ディッシュであるが、これは当然仔羊のコートレット（カツレツ）でなければならない。そしてアスパラガス、それも色合いを考えて、緑色のアスパラガスを下にしきつめるのであるから、ソースはいわばスタンダードであるベアルネーズソースとなる。

しかしここでも工夫が必要だ。味に深みを出すためベアルネーズソースには、エストラゴンの風味と若干の酢の酸味をきかせることにする。また付け合せには、アスパラガスの色をひきたてる意味もかねて、ゆっくり火を入れた玉ネギと赤ピーマンを添える。

さらに仔羊の肉そのものの味をじっくり味わうための工夫をする。肉の周りに仔羊のジュをかけ、ベアルネーズソースで食べるものと、ジュだけで食べるものに分け、そうすることで肉の味が微妙に違ってくることを感じることができるというアイデアである。

デザートは、カフェ・リッシュのメニューにならってフルーツを主体とするが、たまたま試作の時期が夏だったこともあって、季節感の演出という視点から、夏の味覚、白桃を使うこととする。また、パリの雰囲気と小説『ベラミ』に漂うムードをデザートの名前にも多少反映させようという思いから、ダム・ブランシュ（白夫人）という、エスコフィエの本にも載っている、かなり著名なデザートを選ぶこととする。

バニラアイスクリームを詰めた桃の周りを、軽くシロップで火を入れたパイナップルで飾り、アングレーズソース（卵、砂糖、牛乳を加熱したソース）を回しかけ、中央にはクレームシャンティー（砂糖を加え泡立てたクリーム）を載せたデザートである。

ところで、『ベラミ』において、いくつか登場する食事の場面は、どれも重要な意味を持っている。まず、主人公ジョルジュ・デュロワが友達のフォレスチエの家に招かれた際の食事のシーンを見てみよう。

ここでは、食事の内容、料理についてはほとんど触れられておらず、ポタージュが出たということ、ワインに、ブルゴーニュのコルトン（Corton）とボルドーのサンテミリオン地区のシャトー・ラローズ（Château Larose）が出た、ということぐらいしか描写がない。それに対して、食事中の会話や人物の様子や食べ方などは、詳細に描かれている。こうした描き方によって、ここでは、食事そのものは大して意味を持たず、食事に集まる人物とその会話に重きが置かれていることを示している。事実、当時貧しかったベラミは、食事の内容を十分楽しむことなどできない状態にあった。裕福な友達に招かれて、ド・マレル夫人という、後にベラミの恋人になる女性をはじめとしていろいろな人々に次々と紹介され、ベラミの注意が完全にそちらに向いており、食事には注意が行っていないことが、以下に引用するこの食卓の描写から窺われる。


一同は食堂に移った。

デュロワはド・マレル夫人とその娘との間の席についた。彼は再び窮屈な気持に襲われた。フォークなりスプーンなりコップなりの決まった扱い方になにか間違いをしでかしはしないかということが心配になった。コップは四つあった。中の一つは薄く青い色がついていた。これでいったい何を飲むのだろう？

ポタージュを食べている間、誰も口をきかなかった。それからノルベール・ド・ヴァレヌがこうきいた。

――諸君、ゴーチエ訴訟事件を読みましたか？　いやあんな面白い話はないね！（中略）

食事は善美をつくしたものだった。みんないい気持に興奮した。ヴァルテール氏は食人鬼のように食べ、ほとんどしゃべらなかった。眼鏡の下からすべらせる横目で、出される御馳走の皿をじろりとにらむ。ノルベール・ド・ヴァレヌもヴァルテール氏に負けずに食欲を発揮し、時々ワイシャツの胸板にソースのしずくをこぼした。

（同書より）

このように、食事の内容についてはほとんど描写のない、フォレスチエ家における食事のシーンに比べると、今回その料理を再現してみたカフェ・リッシュでの食事は、その内容が詳細に描写されている。

冒頭の引用文の通り、牡蠣が最初に出たといったことだけではなく、「可愛くて脂っこく、まるで貝殻に入れた小さな耳のよう」だと牡蠣の形が語られ、その上で、「舌のうえで酸っぱいボンボンのように溶けた」とその味や風味までが描かれている。

肉料理についても、「こまかい肉」や「クリームのように脂っこい野菜」のつけ合せ云々と説明がついている。

客はそうした料理を楽しんでいたが、「食卓であじわう珍味佳肴の楽しみから、恋の楽しみ」を想像していた。食事はここでは恋の触媒だった。だからこそこの食事は、ド・マレル夫人とベラミとの官能的な恋愛関係の出発点となったのだった。

『ベラミ』に現れる第三の食事の場面は、ベラミが、ド・マレル夫人と、いわば一つのアバンチュー

白桃のダム・ブランシュ

ルを試みる時である。上品な人々が行かないようなレストランへわざと出かけて面白がるというアバンチュールである。この時二人の食べる料理は、場所柄、羊のシチューと羊の股肉（ジゴ）の焼いたものであった。

そこでド・マレル夫人は「私は、こういうのが大好きよ。私は少し下品な趣味なの。ここの方がカフェ・アングレなんかよりずっと面白く遊べるわ」と、叫ぶのである。

ここでは食事は解放の場であり、つかの間の変身の舞台でもあったのだ。

次に印象的な食事の場面は、ベラミを貧困から救い出した友人のフォレスチエが病気で明日をも知れぬ状況に陥っている時に、フォレスチエ夫婦とベラミが一緒に食事する場面である。

ここで三人は「物も言わず、音もさせずに

食べた」と描写されており、また、パンを手できちんと割らずに「指先でむしった」と書かれている。パンの小片を指先で口に入れ、物も言わずに食べている情景は、集まった人々の心の空洞とフォレスチエの体をむしばむ病いを象徴している。

これとある意味では対照的に賑やかな（それでいてどこか空しさの漂う）食事の場面は、ド・マレル夫人とベラミが、ノルマンディーで百姓をしているベラミの両親の家を訪ねた時のものである。ここでの食事は「百姓風の長ったらしい」もので、「取り合わせの悪い」皿が次から次へと出てきている。

酒は主としてリンゴ酒であり、いかにも田舎風の臭いに充ち、粋なパリジェンヌのド・マレル夫人はほとんど何も食べずにしょんぼりしている。それは、こうした無粋の農家風景よりももっと牧歌的でどこかロマンティックな田園生活を想像していたド・マレル夫人の幻滅を表している。しかしこの出来事は、ベラミとド・マレル夫人の関係が、お互いの、時には醜い心の中や気質の違いをそのままぶつけあうことによって、かえって深まってゆくことをも暗示している。

また、このノルマンディーの食事で興味深い点は、食事とそれにかける時間の関係である。ここには食事をする人々の心理状態が反映されている。ノルマンディーの田舎の人々にとって、パリからのお客を招いて食事をすることは滅多にない機会であり、それだけに、食事に長い時間をかけ、そしてそのこと自体が一つの熱い「接待」になっている。

食事にどれ位時間をかけているかは、その食事の意味を考える上で大切なポイントだ。小説『べラミ』の中で、この点が見事に浮きぼりにされているのは、ベラミの妻の浮気の場面と関連している。

ベラミが、自分の妻との離婚を容易にするために、妻の浮気の現場を警察にとりおさえて貰い、当時の刑法の姦通罪を適用しようとし、その細工をし終えた後、警察に出頭する時刻まで暇つぶしに食事をとるシーンである。ベラミが、こうしてパリの著名なレストランで時間をつぶす場面では、時間の経過が食事の区切りによって表されている。すなわち、食事—コーヒー—ブランデー—葉巻きという言葉が次々とあらわれ、食べている人がゆっくりと、しかし、時計を気にしながら時間調整をしている様子が巧妙に描かれている。

このように見てみると、『ベラミ』の中に描かれる食事は、ほとんど、ベラミの対人関係の転機となるような場面と重なっている。すなわち、最初のフォレスチエ家での食事は、ベラミがジャーナリズムに身を投ずるきっかけとなり、ド・マレル夫人がカフェ・リッシュに招いてくれた第二の食事は、これから女性を踏み台にしていくベラミの女性遍歴の始まりを意味している。

ベラミの食卓は、正にベラミの人生の一部だったのだ。

ベラミとワイン

さて、ベラミことデュロワは、小説の中でフォレスチエ家に招待された際、ギャルソンから、ブドウ酒についてコルトンにするか、それともシャトー・ラローズにするかと聞かれた。

ここでいうコルトンとは、ブルゴーニュのアロッス・コルトン村でつくられるブドウ酒の銘柄の一つである。アロッス・コルトンで作られるブドウ酒のうち著名な銘柄には、コルトン、コルトン・ブレサンド（Corton Bressandes）、コルトン・クロ・デュロワ（Corton Clos du Roi）などがある。これらはいずれも赤ブドウ酒であるが、この地方には（生産量は限られているが）良質の白ブドウ酒もあり、コルトン・シャルルマーニュ（Corton Charlemagne）として知られている。これは、シャルマーニュ大帝が帝位に上る前に、この地方の一部の土地を地元の人々から献上されたという歴史に由来するといわれている。

アロッス・コルトン地方の赤ブドウ酒は、長期保存に耐えることで著名であり、そのせいもあってかチャーリー・チャップリンもここの酒を愛好していたという。

アロッス・コルトンの赤ブドウ酒については、ここの大地主のルイ・ラトゥールが、コルトン・グランセ（Corton-Grancey）というマーク（厳格な意味では銘柄〈アペラシオン〉ではない）でこの地方産の酒を売り出しており、また、コルトンという銘柄もあれば、アロッス・コルトンという銘柄もあるため、注意が必要である。一般にコルトン及びコルトン何々といわれる銘柄は上級、アロッス・コルトンとして売られているものはやや級が落ちるものが多い。

小説の中でコルトンが言及され、ベラミがコルトンが自分の口にあうとしてこれを飲んでいることから、ベラミは、出世街道をかけ上る前でもワインの趣味には「優れた」ものがあったことが分かる。

小説に出て来るもう一つのブドウ酒、シャトー・ラローズは、ボルドーのサンテミリオン地区の、中級（ブルジョワ）ワインで、香りもよくまろやかな味を持つとされているものの、サンテミリオンでの一級ワインに数えられてはいない。

第5章　パリの快楽と幻滅を象徴する料理

——『幻滅』オノレ・ド・バルザック

VOL. 5

『幻　滅』
オノレ・ド・バルザックの夕べ

Menu

Tourin à l'Ail et Œuf Poché
玉葱とニンニクのスープにポシェした卵を添えて

Anguille à la Gorenflot
ウナギのゴランフロ風

Perdreau Farci de Cèpes, Foie Gras et Riz Noir
セップ茸・フォアグラ・古代米を詰めた山ウズラのロースト

Fromages Affinés de France,
Rocamadour et Chabichou du Poitou
完熟フロマージュ　ロカマドールと
シャビシュー・デュ・ポワトゥ

Feuilleté aux Figues
キャラメリゼした無花果《いちじく》のフィユテ

Café ou Thé, Mignardises
コーヒー又は紅茶とミニャルディーズ

ウナギのゴランフロ風

オノレ・ド・バルザック

(Honoré de BALZAC：1799 ～ 1850)

トゥールの中流家庭に生まれ、パリ大学に入学するが中退して文学を志した。その後、作家活動のかたわら、出版、印刷などの事業を手がけたが失敗し、膨大な借金を背負うことになった。この借金返済のためにさらに創作活動に励み、歴史小説『ふくろう党』、世俗的小説『結婚の生理学』を発表し、大成功を収めた。

登場人物をとりまいている環境の描写で人物の特性を表現することや、職業を具体的に説明することで人物の性格を表現するといった手法をとり、特にブルジョワの写実的描写に優れていた。また、同一人物をいくつもの小説に登場させたり、ある小説の登場人物や事件を別の小説の中で話題にするといった新しい手法で、数々の長短編を有機的に結びつけた。

1842 年に、時代の歴史の編纂ともいえる大きな構想をもって、自分のほとんどの作品を「人間喜劇」の名のもとにまとめ、それ以後の作品も「人間喜劇」の方針に沿って書かれた。「人間喜劇」は 90 篇の長編、短編に上ったが、この壮大な作品は全体としては未完のまま、51 歳の生涯を終えた。

■あらすじ&解説　『幻滅』

小説の前半は、主人公リュシアンが、フランス中部の田舎町アングレームの上流社会のメンバーであるバルジュトン夫人と恋仲になり、パリに出て来るが、都会の現実に触れることによって、故郷で育った恋も、青年らしい野心も萎んでいってしまう過程を描いている。後半は、一時、文学評論を通じて名を上げ、女優とも恋仲になったリュシアンが、パリの出版界の生き馬の目を抜くようなすさまじさの中であっという間に評判を失墜し、夢破れそして恋にも破れて、幻滅の中にパリを去っていく姿が描かれている。

この小説には「メディア戦記」という副題がついており、出版界ないしメディアの世界の内幕を小説にした、初めての試みとして評価されている。またそれだけに、この物語には、自ら出版業にも手を染めたバルザック自身の自伝的な側面が現れているとされる。

パレ・ロワイヤル広場

パリの中心部、ルーブル美術館の近くにあるパレ・ロワイヤル広場（Place de Palais-Royal）。今は石柱の現代美術が広場を飾っていることもあって、一昔前のしっとりとした雰囲気がいささか減ってしまったという人々もいるとはいえ、低い緑の木々としゃれた回廊と店舗にかこまれた広場はパリでも有数の粋な広場だ。その一角には、国立劇場とでも言えるコメディ・フランセーズが位置していることに象徴される如く、パレ・ロワイヤル広場自体がパリの歴史ドラマの劇場となってきた。

とりわけ革命家カミーユ・デムラン[*1]が、ジロンド派[*2]の一人としてここで行った演説は、「パレ・ロワイヤル広場の演説」として有名である。

この広場は、元来公用の貯水池であった場所を拡大し、その一角に宰相リシュリューが居を構えたことから大きく発展した。リシュリューの建てたパレ(宮殿)は、後オルレアン公の所有となったが、一八世紀に、借財に困ったオルレアン公が六十軒ばかりの店舗を広場に建造して売りに出したところから、今日のパレ・ロワイヤル広場が形成されたといわれている。

こうした歴史にふさわしく、この広場は、フランスのいろいろな小説に登場して名場面を作ってきた。

例えばフローベールの青春小説『感情教育』の中で、主人公のフレデリックと親友のデローリエは、パレ・ロワイヤル広場を散歩する。

……鳥の群があちこち飛びまわりつつ庭に下りて来た。青銅や大理石の像が雨に洗われてきらきら光っている。エプロンをかけた女中連が椅子にかけておしゃべりしていた。子供の笑い声が、噴水のたえまなく立てているさらさらいう音にまじって聞こえた。(中略)
「ああ! カミーユ・デムランがあそこのとこでテーブルの上に突っ立ち、民衆をバスチーユへ進ませた、あの頃ははるかによかったよ。あの頃は、みんな生きていた。自分を確かめ、各自の力を示すことがで

玉葱とニンニクのスープにポシェした卵を添えて

きたんだ。一介の弁護士が将軍たちに命令し、乞食が王様をぶったりした。ところが今では……」

（ギュスターヴ・フローベール作、生島遼一訳『感情教育』〈岩波文庫〉より）

バルザックの名作『ゴリオ爺さん』でも、なんとか貴族社会に入りこもうとしているブルジョワのニュシンゲン夫人が、貴族の遠縁にあたる法学生ウージェーヌ・ド・ラスティニャックと熱いキスを交す場所として描かれている。

ウージェーヌは男爵夫人の手をとり、ふたりとも、ときどき強く握っては音楽が与える感覚を伝えあいながら、手と手で話した。彼らにとっては、それは陶然となるような一夕だった。ふたりはいっしょに外へ出、ニュシンゲン夫人がウージェーヌをポン・ヌフ橋まで送ってゆくと言ったが、その道中ずっと、パレ＝ロワイヤルではあれほど熱烈に、しかも何度も与えた接吻《せっぷん》をどうしても許そうとしなかった。

（オノレ・ド・バルザック作、平岡篤頼訳『ゴリオ爺さん』〈新潮社〉より）

レストラン「ヴェリ」

このように幾多のロマンを秘めた広場の北の隅に位置しているのが、パリでも有数のレストラン「グラン・ヴェフール」（Grand Véfour）だ。

グラン・ヴェフールは、昭和天皇や何人かの首相も訪れたレストランで、かつては、ラマルティーヌからロベスピエール、そしてナポレオンまで度々足を運んでいたといわれている。

グラン・ヴェフールは一八五九年に、隣接していた、これまた当時著名なレストラン、ヴェリ（Very）を併合したが、ヴェリも何かと話題を提供するレストランであった。

ヴェリは一八〇八年に開業し、いわゆる定食というか、値段の決まっているメニューを最初に提供したレストランとして知られていた。またこのレストランでは、一九世紀後半の普仏戦争の前後のことと思われるが、プロシヤの将校が店に現れ、「フランス人が決して使ったことのないコップを使わせろ」と叫んだのに対して、ギャルソンが、しびんを持ってきたというエピソードが一時まことしやかに語られていたという。

ヴェリは、『幻滅』の中に登場する。

『幻滅』の主人公で詩人として身を立てようとしているリュシアンは、パリに上京して程ない頃うさ晴しをかねて、贅沢な料理を口にしてみたいと思ってこの店に入る。

〈ヴェリ〉に入り、パリの快楽に入門するため、絶望を慰めるような夕食を注文した。ボルドーのワイン一本、オステンデの牡蠣、魚、ヤマウズラ、マカロニ、果物、「コレニ勝ル喜ビナシ」だった。このちょっとした放蕩に舌鼓を打ちながら、今晩はデスパール侯爵夫人の御前で自分の才気を発揮するところ、豊かな知性を開陳して妙ちくりんな服装のかっこ悪さを埋め合わせするところを思い浮かべた。

夢想は勘定書きを見たとたん吹き飛んだ。これだけあればパリでだってずいぶん使いでがあると思っていた五十フランが一瞬にして消し飛んだ。この夕食は、アングレームでのひと月分の生活費に相当した。もう二度と足を踏み入れることもないだろうと思いながら、宮殿の扉を恭しく閉めた。

（『幻滅』野崎歓・青木美紀子訳〈藤原書店〉より）

このレストラン・ヴェリにおける料理を再現すること自体は、そう難しいことではない。牡蠣にせよウズラにせよ、いわばフランス料理の定番である。それにあまりお金のない詩人が気晴しにとたまの贅沢をきめこんでの注文であるから、それほど手のこんだ料理ではなかったはずである。

フランス料理のガイドブックを片手にリュシアンの食べた料理を想像し、再現してみせることはやさしいはずだ。しかしそれでは、リュシアンの食べた料理、ひいては料理一般について、作家バルザックが異常なほどの深い文学的・社会的意味を、どうこの小説の中で与えていたかを「味わう」ことはできない。

まずはここで、『幻滅』がどんな小説であったかを、その時代背景とともに考えてみる必要がある。

『幻滅』の世界

『幻滅』は、この章の冒頭の解説にもふれたように、詩人として身を立てようと、田舎町からパ

セップ茸・フォアグラ・古代米を詰めた山ウズラのロースト

リに上ってきた主人公リュシアンが、パリの出版界に翻弄されていく過程を描いたものである。そして物語を通じてジャーナリズムの裏面、あるいは「金銭ないし資本主義が、文学の精神を堕落させていく過程（精神の資本主義化、文学の商品化）」が浮き彫りにされ、作品自体がいわば時代の鏡になっていると言われている。

この小説が書かれたのは一八三七〜三九年で、ナポレオン没落後の王政復古、そして一八三〇年の七月革命[*3]を経た後だった。この時代、首都パリには、一旗挙げようと野望を抱き、地方から上京する青年が多かった。まさにリュシアンもその一人であった。詩人としての成功を目指し、地方の名士のバルジュトン夫人と二人でパリに乗りこみ、華やかな社交界に出入りする。しかし、二人は次第にある種の幻滅を感じるようになる。こうした気持ちにとらわれたリュシアンは、片方でパリの快楽に身をゆだね、片方で「洗練されたパリ」を身につけようとする。ヴェリでの食事は、こうしたリュシアンの「気分」を表現したものといえる。

料理の持つ深い象徴的意味

実はこの小説の中で食事や料理は、いろいろな意味を持つものとして登場している。ひとつには、食事の雰囲気の描写に深い意味がこめられている。例えば貴族的な集まり、あるいは社交的な集まりの食事と、学生食堂のような、そこに集まる人々の間にある種の庶民的仲間意識があるシーンの食事とのコントラストが、見事に描かれている。社交を中心とした食事、あるいは上流社会の食事、たとえば劇場の支配人がリュシアンを晩餐会に招待したときの夜食会は、ダマスク織りのテーブルクロスの上に、新品の銀器やセーブルの陶磁器が置かれ、見るからに豪勢な食事である様子がうかがわれるが、一方、この食事会で供された料理の内容はまったく描写されていない。わずかに「ブランデー漬けのサクランボ」が供されたといった表現が出てくる程度である。

また、リュシアンが成功して女優コラリーと結婚し、パリで華やかな生活を送っている時代に、リュシアンは自分の家に、劇場の支配人や出版界の人々、新聞社の社長などを招待する。そのときの描写においても、豪華な食器や、四〇本の蝋燭のついた燭台などが飾られている様子が描かれているが、料理の内容やそれについての人々のコメントなどは全く出てこない。僅かに「デザートは洗練を極め、献立は高級レストランに任せてあった」といった記述がある程度である。

このことは、豪華な食卓では人々はそこで供される食事の話をしないことが暗示されている。いってみれば、極めて社交的な食事においては、料理の内容そのものはあまり意味を持っていない場合が多いということが示されている。

ところがそれと対照的に、料理の名前、あるいは食事の内容が克明に描かれているのは、皮肉なことに学生食堂の描写である。それは、フリコトーというカルチェ・ラタンの学生街の小さな料理店での場面で、この店についてバルザックは次のように記している。

カルチェ・ラタンで暮らした学生の中に、餓えと貧乏の殿堂たるこの料理屋に足しげく通わなかった者は、まずいない。夕食は三皿からなっていて、ワインの小びんかビールが一本ついて十八スー、ワインの大びんが一本つくと二十二スーだった。

（同書より）

そして、このレストランの食事については、ジャガイモ料理が言及され、しかもこのジャガイモについては、「刻んだ青物が振りかけられている」といった描写すらある。また、この店では牛の骨つき肉や、牛肉のフィレ肉が特別料理とされているとか、あるいはタラやサバがよく出てくるといったようなこと、さらには、えんどう豆の話等、食材のことがいろいろ描かれている。このことは、この料理屋の庶民的性格を表すために、そこでの料理の内容についてバルザックがことさらに細かく描いていることを意味している。しかし、同時に、食事の内容を浮き彫りにすることによって、この食堂に集まる人々の間の親近感、この食堂の庶民性を浮き立たせる効果をも出しているといえる。つまり、食材ないし、料理のことが克明に描かれているということは、逆にこの食堂の雰囲気の庶民性を象徴しているのだ。

▼レストラン「フリコトー」

若者の味方であるこの店が莫大な富を築くことができなかった原因は、あの広告文（商売がたきのチ

完熟フロマージュ　ロカマドールとシャビシュー・デュ・ポワトゥ

ラシにもでかでかと印刷されてはいたが）のせいなのだろう。こう書いてあった。「パン食べ放題」、つまりいくら食べてもいいのだ。（中略）

料理の種類は少ない。ジャガイモ料理は必ずあって、アイルランドにジャガイモが一個もなくなっても、またどこへ行こうが手に入らないようなときでも、フリコトーにはあるだろう。三十年来、ここのジャガイモはティツィアーヌの好んだ金色を誇り、刻んだ青物がふりかけられている。一八一四年にそんな具合だったが、一八四〇年になってもまるっきりそのまま、ご婦人達もさぞやうらやましいことだろう。

（同書より）

また、リュシアンの家での料理についても、よく観察すると興味深いものがある。すなわち、女優コラリーとリュシアンとの二人の生活を描いた場面で出てくる、料理がある。ベレニスというメイドがつくった料理であるが、かき卵、コートレット、クリーム入りコーヒーといった質素な食事が登場する。ここでも料理の中身の描写が出てくることは、それを食べる人々の間の親近感を感じさせる触媒として料理が使われていることを示唆している。

料理がきわめて象徴的な意味で登場している場面もある。たとえば、バルジュトン夫人の夫が、リュシアンに対して次のように言う場面である。「家内のお付き合いで、今朝は子牛の肉を食べたんですがね。家内は好物なんですが、どうもこちらの腹具合がよくないんですよ」と。元来子牛の肉はフランスではあまり上品な肉とはされていない。バルジュトン夫人は、リュシアンから見れば、田舎の社会では一種の貴族的な憧れの的である婦人であるとしても、その夫が明かしているように実は夫人は子牛を好物としているような女性で、やや田舎風の女であることがここで暗示されているのである。

また、リュシアンが失意に陥って故郷のアングレームに帰郷する途中で体を壊し、水車小屋に担ぎ込まれた際、水車小屋の婦人が近くの医者を呼び、その医者が「ここにはきっといいワインがあるでしょう。それから、生け簀には立派なウナギも入ってるはずだ。それを病人に出してあげなさい」と忠告する場面がある。それに対してリュシアンは、「いえいえ、先生。僕の病気は体ではなくて魂の病気なんです」と言うのであるが、ここで、ウナギという言葉は極めて象徴的な意味を付して使われている。すなわち、ウナギは滋養があり体の病を治すものであるが、同時に田舎の人々の善意のシンボルという意味を持っている。「立派なウナギがあるだろう、それを出しておやりなさい」

と言う場合のウナギは、アングレーム郊外の田舎の人々の善意の象徴なのである。

それに対して、「僕の病気は体ではなく魂の病気なんです」とリュシアンが答えている意味も考えねばならない。ここでは、都会風になりきってしまったリュシアンの趣味なり性格が出ている。すなわちウナギは田舎料理であり、そういう〝田舎のもの〟では自分の病は治らないのだとリュシアンは言っているように響く。つまり、パリの生活がリュシアンに大きな心の傷痕を与えてしまったのであり、その傷はもはや、故郷の「産物」では治し得ないという意味がこめられている。ウナギはいわばそうした全てのことの象徴ともいえるのである。

そして最後に、料理がパリの豪華さ、贅沢さを象徴するものとして登場する場面がある。それがレストラン・ヴェリの食事にほかならない。ヴェリに入って、主人公の青年がパリの快楽に入門し、同時に早くも都会への幻滅をどこかに感じ出した自分を慰める——たまたまこのときはバルジュトン夫人との関係が怪しくなってきているときと重なっているのだが——それがヴェリでの夕食の意味するものだった。

ここで、リュシアンの食べた料理はしめて五十フラン、田舎町アングレームでの一月分の生活費に相当したほどの贅沢であった。ここでは、正に料理が、パリの豪華さの象徴ともなっている。

粋なやり方での料理の再現

バルザックの小説において「料理」が果しているこのような複雑な（文学的）「味」を再現するには、単にヴェリでのメニューの再現では不十分である。

パリの快楽を象徴するヴェリのメニューを主体としつつも、そこにわざと「田舎」の味を入れることによって、「文学的味つけ」を料理の上に再現してみることとする。すなわち、ヴェリのメニューにウナギをはさんでみるのである。そうすることで、小説『幻滅』が、実はパリという都会の華やかさと、アングレームの田舎町の田舎臭さを対比させていることを表現できるからである。

そしてウナギの次に、パリ風の上等な料理の定番であるウズラをメインに配し、パリとアングレームのコントラストを演出してみよう。

まずウナギ料理をどう作るか。バルザックゆかりの地の多いロワール川や、その南のジロンド川一帯ではマトロートという、ウナギや鯉などを赤ワインで煮込んだ料理が郷土料理として著名であるが、田舎と都会の対比を出すといっても、ここまで地方色を出しすぎるといや味が出る。その上、赤ワインで煮込むとウナギらしさがかえって消えてしまいかねない。そこで、「ゴランフロ風」の料理としてウナギをやや上品に料理することとする。

シェフの言葉を聞いてみよう。

キャラメリゼした無花果のフィユテ

皮をむいたウナギのフィレの中心に、バジルの香りを効かせたイワシとアンチョビーのすり身を置き、ロール状にして柔らかく蒸し上げた後、香りよく炙り焼きにします。ホウレン草のソテーをウナギの下に敷き、周りには甘酸っぱいトマトのフォンデュ（柔らかく煮込んだもの）を添えてあります。イワシのすり身とトマトがバランスよくウナギをひきたて、ウナギの身自体の味をたっぷりと楽しめる料理に仕上げました。

しかし、これも簡単ではない。まず、ウナギの大きさと厚さをどうするのが一番効果的かを見きわめねばならない。またウナギを蒸したあと軽く白焼きにした方が香りをつける上でよいかどうか、あるいは、パン粉を使ってウナギにある種の「カリカリ感」を与えた方がよいか、さらにはイワシとアンチョビーのすり身の量など、何回か試作してみた上で最も味わいの深さ、かつ泥くささと上品さをかねそなえたものにする工夫が必要で、このあたりはシェフ泣かせの料理であるというのがシェフ自身のつぶやきであった。

さて、メイン・ディッシュのウズラについては、伝統的フランス料理の濃厚なあでやかさを保ちながらも、都会的優雅さのあるものに仕上げる工夫がいる。ここに苦心がある。

黒米とか赤米ともいわれる古代米を柔らかく炊き、それにフォアグラ・セップ茸・松の実・ハーブをあわせて山ウズラの胸肉の中に詰め、ローストします。サルシフィという西洋ゴボウのトリュフ風味と、ノワゼットオイル（はしばみの実の油）をかけたクレソンのサラダをつけ合わせとします。

ところでウナギの前にスープまたはオードブルとして何を供するかだが、ウズラの優雅さに加え、ウナギもやや上品に仕上げてある関係から、ここは思いきって田舎風、すなわち、フランス南部のバスクからアキテーヌ地方にかけての伝統的料理とされてきた、玉葱とニンニクのスープを配してみることとする。

このスープの作り方は次の通りで、文字だけ見てもいかにもニンニクの匂いがする。

玉葱とニンニクを鵞鳥の脂でトロトロになるまでゆっくりと火を入れたあと、鶏のブイヨンを加えてミキサーにかけ、少量のクリームとバターを加えて仕上げます。柔らかな落とし卵の下には、ニンニクの香りをつけたやや厚めのクルトン。また、全体の味を引き締めるために赤ワインビネガーを数滴落します。

しめくくりのデザートは、試作の時期が九月の上旬だったこともあって季節に合せて無花果のフィユテとする。折込みパイにアーモンドクリーム・カシス・無花果を載せ、色よく焼き上げたものである。温めた無花果は冷たいものより甘みも香りも強調され、力強い味に変化するので、それと合わせる冷たいソルベはアカシアの木の蜂蜜をたっぷり使ったものとした。

ボルドーワインの文学的意味

最後にワインの選択であるが、これが意外に難しい。

白ワインについては、バルザックの好んだロワール川流域にちなんで、ロワール地方のワインから選ぶこととする。

料理がウナギなのでロワール川流域のワインの中でも香りがあり、時としてスモーキーな感じのする、しっかりとした味のワインであるプュイ・フュメ（Puilly Fumé）を選ぶ。香りと味が尾をひくように後に残る感じが、ウナギと合うであろうとの判断である。

もっと難しいのは赤ワインの選択である。

それというのも実は、赤ワインは小説『幻滅』の中で特別な、象徴的意味を持っているからだ。

まず、レストラン・ヴェリでリュシアンはボルドーのお酒を飲むが、ここでは、ボルドーのブドウ酒はパリの快楽への誘いであり、いわばパリ生活の最初の「味」として登場している。

やがてリュシアンは、同じボルドーのブドウ酒でも極めて上等なものを飲むようになる。そして、いよいよコラリーと同棲し、一時的にせよ成功者の道を歩み始めると、リュシアンの家の食卓では主としてシャンペンが供されるようになる。

しかしブドウ酒をめぐる物語はここで終らない。リュシアンとコラリーが結局失意の境遇に陥り、小説の題名の如く、パリに「幻滅」を感じる状況になった時、リュシアンの友人でジャーナリストのヴィニヨンは、リュシアンたちの悲劇を嘆いて酒に我を忘れようとし、「二本のボルドー酒」を空けるのである。ここでは、ボルドーの酒は、パリの幻滅を忘れさせる麻薬のような役割をになっている。

こうして、ボルドーの酒は、主人公リュシアンのパリ生活の入口（夢）を象徴すると共に、またその出口（幻滅）を象徴するものでもあったのだ。

このように、この小説の中でボルドーのブドウ酒が占めている象徴的な役割を勘案して、メインディッシュに合せるワインにはボルドーの赤ワインを選ぶとすると、ボルドーのどこの地区のワインにするか。

同じボルドー地区でも小説の舞台となったアングレームに比較的近い場所に目をつけると、ポムロル地区が候補となろう。

ポムロル地区は、一九五〇年代ないし六〇年代になる迄ほとんど問題とされなかった地方であり、一九世紀のアングレームの「田舎者」に飲ませるワインとしてはかっこうのものともいえる。今日では、かの有名なペトリュス（Pétrus）はじめ、いくつかポムロルの銘酒（例えば、エヴァンジル［Evangile］やコンセイヤント［Conseillante］など）は広く世に知られるようになったが、この地区の銘柄で正式に一九世紀の半ばに決められたボルドー酒の格付けで表には入っていない。

それだけに、小説の中で単に「ボルドーの酒」としか言及されていないブドウ酒の例としてポムロルの酒を供することは、物語の「味」をそのまま飲物の上に再現するものともいえよう。

＊1　カミーユ・デムラン＝弁護士。後にフランス革命へとつながるバスチーユ監獄襲撃の前夜、パレ・ロワイヤルで「民衆よ、武器を取れ！」と演説したことで有名。このことから、パレ・ロワイヤルはフランス革命の発火点ともいわれる。
＊2　ジロンド派＝フランス革命の際に活動した政治クラブ。
＊3　七月革命＝一八三〇年七月、フランスで起こった革命。一八一五年の王政復古で復活したブルボン朝は、この革命で再び消滅した。

第6章　復讐劇の中の豪華な食事と「食」の複合的意味

――『モンテ・クリスト伯』アレクサンドル・デュマ

VOL. 6

『モンテ・クリスト伯』アレクサンドル・デュマの夕べ

Menu

Quartier de Chevreau à la Tartare
奄美大島産 山羊肉のタルタル

Filet de Turbot au Ras-el-Hanout
平目のソテー マグレブ地方のスパイス ラズエラノー風味

Faisan Braisé aux Truffes et Châtaignes
キジ・トリュフ・栗のブレゼ　旬の茸添え

Fatayer aux Fromages de Corse
コルシカ島のフロマージュを詰めたファタイエ

Gratin de Fruits d'Automne,
Savarin à la Cardamome
カルダモン風味のサヴァランにのせた
秋のフルーツのグラタン

Café ou Thé, Mignardises
コーヒー又は紅茶とミニャルディーズ

キジ・トリュフ・栗のブレゼ　旬の茸添え

アレクサンドル・デュマ
（Alexandre DUMAS：1802 ～ 70）

同名の父アレクサンドル・デュマ将軍の子として北フランスのヴィレール・コトレに生まれる。17 歳の時に劇作家を目指しパリへ赴いた。1829 年にロマン派の劇となる「アンリ三世とその宮廷」の成功によって一躍名をあげ、歴史劇「クリスティーヌ」や現代劇「アントニー」などの新作を発表し、売れっ子の劇作家に。新聞各紙に『モンテ・クリスト伯』『ダルタニャン物語』などの小説を連載し、数多のベストセラーを世に出した。私生活では、豪邸「モンテ・クリスト城」の建築など派手な生活を繰り広げ、美食家としても知られ、「料理大辞典」を執筆。一方、黒人奴隷の子孫として差別を受けたデュマは、社会改革にも取り組み、ガリバルディのイタリア統一運動を支援するなど政治的にも活躍した。

2002 年 11 月 30 日、その功績をあらためて認められ、パリのパンテオンに祀られた。

あらすじ&解説　『モンテ・クリスト伯』

小説『モンテ・クリスト伯』は、日本では長年『巌窟王』とも呼ばれて親しまれてきた。この小説は、マルセーユの船会社の一等航海士であるエドモン・ダンテスが、船長の突然の死によって、一九歳の若さで船長になるところから始まる。ダンテスにはメルセデスという美しい許嫁がいるが、ダンテスが若くして船長になったことを妬んだ会計士のダングラールと、メルセデスに横恋慕しているフェルナンとが結託して、ダンテスを密告する。ダンテスは航海中、中身を知らない手紙を言付かっていたが、実はその手紙が、エルバ島に当時流されていたナポレオンに関係する手紙であったことから、密告されたのだった。

ダングラールとフェルナンの告訴状を審査した検事代理のヴィルフォールは、ダンテスが言付かった手紙が実は自分の本当の父親宛てであることを知り、自分の出世の妨げにならないよう、ダンテスを牢獄に送る。ダンテスは、牢獄でファリア神父と名のるイタリアの政治犯に出会い、彼から多くの学識を授かると同時に、その神父の死により、モンテ・クリスト島に隠されていたスパダ家の財宝の秘密を知る。ダンテスはファリア神父の亡くなったとき、その死体の代わりに袋に入りこんで脱獄し、パリに上って社交界の名士となる。そしてモンテ・クリスト伯と名乗り、ダングラールやフェルナン、そしてヴィルフォールに復讐するのである。

洞窟の中の豪華な食事

「それでは、アラディンさん、」と、ふしぎな主人は言った。「お聞きのとおり、食事の支度ができたそうです。どうぞ食堂へ。失礼して、おさきに立って御案内します。」

彼は、こう言って帷を掲げ、言葉のごとくフランツのさきに立ってはいって行った。

フランツは、夢幻の国から夢幻の国へと歩いて行っていた。食卓には珍味佳肴がならべられていた。この肝腎な点を見きわめたあとで、彼は身のまわりを見まわした。この食堂も、いままでいた居間に劣らず華麗をきわめていた。全部は大理石でつくられ、値知れぬほどな古代の浮彫で飾られ、細長い室の両端には、頭に盛り籠を戴いた二つのみごとな立像が立っていた。その籠の中には、珍奇な果実がうずたかく盛られていた。それはシチリヤのパイナップル、マラガのざくろ、バレアレス島のオレンジ、フランスの桃、テュニスのなつめ、そのほかだった。

晩餐は、コルシカのつぐみをあしらった雉子の炙肉、ゼリーを添えた猪の塩漬、韃靼《ダッタン》ふうの仔山羊肉、みごとなかれい、大きな海老など。そして、大皿と大皿の間には、口取の小皿が運ばれて来た。大皿は銀、小皿は日本製の陶器だった。

（山内義雄訳『モンテ・クリスト伯』〈岩波文庫〉より）

これは、地中海に浮ぶ小さな島、モンテ・クリスト島の洞窟の中で、モンテ・クリスト伯が自らシンドバットと名乗り、同じくアラディンという仮名を名のる若いフランス人、実はフランツ・デピネー男爵を食事に招待する場面である。

この洞窟こそイタリアの豪族スパダの財宝が眠っていた場所であり、モンテ・クリスト伯は、ここを一時のかくれ家に変え、幻想的な雰囲気を演出してフランツ・デピネーを幻惑したのだった。洞窟が、黒人奴隷の存在やアラビアの調度によって異国情緒を漂わせていたように、そこの食事も、異国趣味にあふれた豪華なものだった。

奄美大島産　山羊肉のタルタル

同時にまた、海の真只中の島の洞窟の料理だけに、どこかに野性味のこもったものであった。とりわけ、客として招かれたフランツ・デピネーがこの島に狩りに来たという物語の筋に沿って、料理にもキジや山羊の肉が供され、「狩り」の雰囲気がにじみ出ていた。

こうしたモンテ・クリスト伯とデピネー男爵の出会いは、実は、作者アレクサンドル・デュマ自身の体験と重なっている。

一八四二年、デュマは、ナポレオンの一族の友人と共に、かつてナポレオンの流刑の地であったエルバ島を訪問、その帰途、地中海の小さな島で狩りに出かけた。ところが山ウズラ程度しか獲ることができず、落胆していたところ、付近の島の地理に明るい者から野生の山羊の住む島に行かないかと誘われる。その島の名を尋ねると、モンテ・クリスト島だと言われ、翌日早速その島に上陸したといわれている。

そして、この旅行が、デュマに『モンテ・クリスト伯』の物語を執筆させる一つのきっかけとなったとの説も出ている。

また、洞窟での食事は、モンテ・クリスト伯とデピネー男爵の出会い、すなわち、モンテ・クリストがパリの社交界へ登場するきっかけを作った意味においても、物語の上で重要な位置をしめている。

しかも、アラビア風の調度やトルコじゅうたんといった室内装飾のみならず、この食事をとりまく雰囲気は、モンテ・クリスト伯の不可思議な過去を象徴するかの如く、どこか神秘的であり、洞窟の中というセッティングとうまく調和している。

物語の中での第二の重要な食事は、モンテ・クリスト伯がいよいよ復讐のドラマを開始する場所として、新たに購入したパリ郊外のオートイユの別邸に、お客を招待する場面に登場する。そこでは、豪華な中国製の鉢や日本製の皿、さらには見事な銀器などが並べられているが、それにもまして食卓には、わざわざロシアのボルガ河から取り寄せたチョウザメとか、イタリアのフサロ国から取り寄せたヤツメウナギが供される。しかもそこでは、生簀をお客に見せ、そこから料理するという「演出」までふくまれている。ここでは、食事はまさに富と気まぐれを余すところなく演出する機会として用いられている。

再現のコツ

この二つの食事を見比べると、元よりパリ郊外のオートイユにおける食事の方が遙かに洗錬されてはいるが、いずれの食事も、どこか異国風でどこか男性的、野性的な感覚が漂っている。これは正にモンテ・クリスト伯の経歴とその数奇な運命を象徴したものといえよう。

従って、アラビアンナイトの物語の一節にも似たモンテ・クリスト島の洞窟の中での食事を再現するとなると、どうやって、野性味を出し、また中東ないしアラビア風味をフランス料理につけ加えるかが「コツ」となる。

そこでまず料理の冒頭、オードブルには、奄美大島産の山羊の生肉のタルタルを出すこととする。ただし前菜であるから、脂身の少ないモモ肉を使用し、同時にあまり臭味がない生後六カ月以内の仔山羊の肉を用いる。加えて味付けにはコルニション（小ぶりのきゅうり）、ケッパー、オニオンなどを加え、かつ、レモン風味のオリーブオイルをさらに加えたところに工夫がこめられる。

次に魚料理は、何といっても小説に言及されているテュルボー（西洋かれい）に近いものとして日本産の平目を供することとする。ただし、東洋風の味を出すため、アラブ料理によく使われるラズエラノーというスパイスを用いる。このスパイスは、コリアンダー、クミン、シナモン、アニス、クローヴなどを混ぜ合せたスパイスである。これを平目の身にまぶして色よく焼上げ、つけあわせとしてエジプト豆のピュレーと茄子のキャビア仕立てを盛る。さらに若鶏のジュと、マスタードを加えたサワークリームを添えることによって、アラブ風味に加えて地中海風味も加える工夫をしてみる。

問題はメインディッシュである。

ここは、前菜の山羊との釣合いからもキジとしたいところだ。

キジ肉にトリュフと栗を加え、甘味の濃いマラガのワインを使ってじっくり煮込んだ後、フォアグラを加えた上、チリメンキャベツで包む。

ソースは、キジの煮汁を煮つめたものに、栗のピューレとトリュフを加えたソースとし、肉の味と自然に調和させる。そして季節感をもりたてるためにもセップ茸、トランペット茸にトリュフを

平目のソテー マグレブ地方のスパイス ラズエラノー風味

つけ合せとして、出来上りである。

ここで、シェフは一つの戯れを演出する。

中近東レバノン料理の「ファタヤー」をイメージして、特別な、温かいフロマージュを提供するのだ。

コルシカ島産の山羊のチーズとブルビ（牝羊）のチーズ、それにホウレン草のソテー、レーズン、松の実を加えてピッツァ同様の生地に包み、餃子のように揚げたフロマージュ料理である。

こうした凝ったチーズの後のデザートは、小説の洞窟の情景に合せて、生の果物、それも、パイナップル、オレンジ、ナツメヤシ、ザクロ、洋ナシと各種の果物を生のまま使用し、サバヨンをかけてややグラタン風に仕立て、カルダモン（しょうが科の植物）の香りをつけて、ここでもどこか中近東風味を出すのが工夫のしどころだ。

ワインの選択

『モンテ・クリスト伯』の物語の中で、ワインの特定の銘柄が言及されている場面は、いずれも、カドルッスという男と関係している。カドルッスは本来は気の良い仕立屋でありながら、酒の勢いも手伝って、一時のきまぐれと嫉妬心からダンテス（後のモンテ・クリスト伯）を陥れる仲間に加わってしまった男だ。このカドルッスと共に登場するワインの一つは、物語の冒頭近くの場面、所はマルセーユの酒場「レゼルヴ亭」で供されたものである。

そこでは、ダンテスの出世と恋の成就を妬む三人組、ダングラール、フェルナン、カドルッスがダンテスを裏切る策謀をめぐらしている。そこで三人が飲むブドウ酒は、「ラ・マルグ」(La Malgue)」とよばれる「芳香豊かな」酒である。

この、ラ・マルグというブドウ酒が何かについては、なかなか検証が難しい。マルセーユの酒場で出された安酒であり、一九世紀から一応名の知られたもので、「マルグ」と名付けられたブドウ酒はないかと専門家にたずねても容易には見つからない。漸く、ある女性のワイン商で南仏のブドウ酒に詳しい人から、ラ・マルグは、ツーロン近郊の丘で生産されるブドウ酒(主として白ブドウ酒)であることをつきとめたが、フランスにおいても入手は困難で、日本で、料理と共にこのワインを使う訳にはいかない。

他方、同じくカドルッスが、南仏の宿場町ポンデュガールに小さな宿屋を開き、その亭主におさまっている頃、ダンテスの遺言執行人と称する僧(実はダンテスの変装)がこの宿屋を訪ねた時にカドルッスがすすめるワインがある。

カオール(Cahors)である。

カオールは、南仏西部のカオール地方のブドウ酒で、マルベックなどボルドー地方とは違った種類のブドウを主として使用しているため、黒に近いほど濃い紫色の酒で、芳香も独特の強さを持っている。一昔前までは、ブレンドをしなかったこともあって、英国やオランダなどでは「黒い酒」

と呼ばれて珍重された時代もあったといわれる。

このカオールを供することも考えられるが、この酒は相当独特で嫌いな人も少なくない。また料理が全体として異国風味を持つ上に地中海風の味も出したいとなると、ややためらいが出る。

そうしたことから、ワインは、モンテ・クリスト伯の物語の中で「裏切り」の契機となったナポレオンからの手紙にちなんで、ナポレオンの生地コルシカ産のワインを選ぶこととする。

また白ワインは、南仏のドック地方のものを選び、果実のさわやかな風味の中に南仏のムードを感じられるものを選択した。

これで料理とあわせて、アラビア風、地中海風、南仏風と、モンテ・クリスト伯の冒険物語の雰囲気を演出したことになる。

食べることの意味

ところで、『モンテ・クリスト伯』の物語では、重要な場面で、食べることの深い意味が、物語の進行や登場人物の運命とつながっていることがうかがえる。

食べること——それは、一つには一緒に食べる人達との友好や友情を深める機会である。

だからこそ、この復讐の物語の中でモンテ・クリスト伯は、自分が復讐しようとしている相手のフェルナン、現在のモルセール伯爵の家での舞踏会では、何一つ口にしない。一緒に食するという

コルシカ島のフロマージュを詰めたファタイエ

行為は、友情の印になるからだ。そのことに気付いたのは、この物語の中で、モンテ・クリスト伯の本当の正体を唯一人見抜いていたかつての恋人メルセデス、現在のモルセール伯爵夫人であった。夫人とモンテ・クリスト伯との間の次のような会話の中で、復讐の相手の家で何一つ食べないというモンテ・クリスト伯のかたくなな姿勢が鮮やかに描写されている。

「伯爵、」と、夫人はやっとのことで、さも訴えるような眼ざしで伯爵を見つめながら言った。

「アラビヤには、おなじ屋根の下でパンと塩とを分けあったものは永遠の友だちになる、といううれしい習慣がございますわね。」

「それはわたしも存じております。」と、伯爵が答えた。「でも、ここはフランスで、アラビヤではありません。フランスでは、塩とパンとを分けあいもしなければ、永遠の友だちもあり得ません。」

（同書より）

こうして、復讐劇の中で重要な意味を持つ「パンと塩」あるいは食事という行為は、小説の末尾で、再び重要な出来事と結びついて登場する。それは「飢え」という罰に関連している。

金満家で銀行家のダングラールは、モンテ・クリスト伯のしかけたわなによって無一文同然となり、最後に孤児院の基金からかすめとった五〇〇万フランをふところに逃亡しようとするが、モンテ・クリスト伯の命令で動く義賊ルイジ・ヴァンパの手に落ちる。そして、洞窟にとじこめられると、水一杯でも、あるいはちょっとしたプレ（ニワトリの肉）を頼んでも一〇万フランを要求されるのである。次々と五〇〇万フランを費やしながら、しかも時には飢えを我慢しようとして、お金をけちるか自分の腹を満たすかというジレンマに陥る。言ってみれば、片方で空腹を、片方で虎の子の財産がむしりとられてゆく苦しみを味わわされ、しかも、この二つの苦痛のどちらをとるのか選択させられる。ここでは食事というものが、飢えをいやすという意味をもつとともに、金銭あってこそ得られるものとして、描かれている。

事実と虚構の重ね合せ

モンテ・クリスト島の洞窟の中の食事の場面が、実は、作者デュマ自身の地中海旅行の体験を基にしていたように、この復讐とロマンの物語自体もある実話に由来している。

一八〇七年にピエール・ファンソワ・ピコーという名の靴屋が、金持ちの娘マルグリッド・ビゴルーと結婚する。この娘は当時の金額で十万フランの遺産があったと言われ、これを妬んだピコーの三人の友だちがピコーに罪を被せて告発し、ピコーは捕らえられて牢獄に入れられる。獄中でピコーはバルディーニという名のイタリアの政治犯に出会い、この人が亡くなったときに莫大な財産の秘密を聞き知る。ピコーは釈放された後、財宝を手に入れ、ジョセフ・ルシェールという名で復讐を始める。しかし復讐は最後まではなし遂げられず、いわば返り討ちに遭った形で、ピコー自身、かつての友だちの一人に殺害されてしまう。ただ、ピコーを殺したアントワーヌ・アデューという人物が、死ぬ間際に真実を告白したことから、すべてが明らかになったという実話である。

このように、『モンテ・クリスト伯』は現実におこった事件を土台としているわけであるが、同様にモンテ・クリスト伯の人生行路も、著者であるデュマの祖先にまつわる実話が関連しているともいわれる。すなわち、デュマの先祖には、波瀾万丈の人生を送ったモンテ・クリスト侯爵という人物がおり、この人物が、小説のモデルの一人になっているといわれている。

テーブルセッティングの工夫

モンテ・クリスト島の洞窟の中の料理の再現にあたっては、料理の中味もさることながら、洞窟のムードの演出が重要である。

照明の明るさを下げ、なるべくロウソクの光を有効に使うことは当然として、テーブルクロスも黒または黒に近い色の方が洞窟の中らしい落着きを感じさせる。

そしてできれば食器も、(少なくとも一部は)銀または銀メッキの皿を用いることで、そこにあたるロウソクの光の渋い輝きあるいは反射の効果を考えたい。東洋的な「陰影礼讃」は、二重の意味(すなわち、原作の洞窟の雰囲気と東洋風のムードの双方)で、食卓に深みを与えることとなろう。

また、小説の描写に沿って、テーブルの中央あるいは横手に色とりどりの果実(あるいはその模型)を積み上げておくことも一興であろう。

このようにロマンと冒険、現実と夢の交錯した作品の中の料理の再現には、周囲のセッティングやテーブルのかざりつけなど、全体の雰囲気の演出が料理の中味と共に極めて重要だ。

それというのも、デュマ自身、自分の人生の中で、自分の作り上げたモンテ・クリスト伯なる人物を演出してみるという人生劇を演じているからだ。

そのことは、パリの郊外、印象派の絵画にも登場するブージヴァルに程近い丘の上に立つ、モンテ・クリスト城に行ってみると良く分る。

カルダモン風味のサヴァランにのせた秋のフルーツのグラタン

この城こそ、実は、アレクサンドル・デュマが、私財を投じて建設した城だからだ。

この城の中には、中東風の床の間に座ってくつろぐ部屋もあれば、一九世紀フランスの「良き時代《ベルエポック》」をしのばせる食堂もあり、デュマはここに友人を招待して宴席をくりひろげたという。

なだらかなスロープを描く庭の一角には、エドモン・ダンテスが幽閉されていた牢獄、「シャトーディフ」にちなんで、シャトーディフと称する小さなあずまやがあり、その階段には、デュマの作品の名が刻まれ、デュマは、このあずまやを頻々書斎に活用していたといわれる。

デュマは晩年私財をほとんど浪費してしまい、モンテ・クリスト城も他人の手に渡り、長く使われていなかったようであるが、第二次大戦後、地元の自治体が買い取って修復し、現在は一般に公開されている。デュマの人生と彼の夢と作品が交錯するモンテ・クリスト城を眺めていると、自ら作り上げた作品の主人公に、今度は自分自身をなぞらえていったデュマの心情が分かる気がしてくる。

第7章　若さと官能、男女の恋心の相克を映す料理

——『シェリ』ガブリエル・コレット

VOL. 7

『シェリ』
ガブリエル・コレットの夕べ

Menu

Vol-au-Vent aux Escargots et Girolles à la Léo
レオ風エスカルゴとジロールのヴォ・ロ・ヴァン

Queues de Langoustines Poêlées
avec Une Sauce Crémeuse,
Etuvée de Légumes d'Hiver
手長海老のポワレを芳醇なクリームソースと共に
冬野菜のエチュヴェを添えて

Canard Challandais Rôti,
Bigarade au Cassis Caramélisé
シャラン産鴨のロースト カシス風味のビガラッドソース

Fromages Affinés de Bourgogne:
Charolles, Aisy cendré, Soumaintrain
ブルゴーニュの完熟フロマージュ：
シャロル、エジー・サンドレ、スーマントラン

Soufflé Brûlant au Citron Vert
ライムの熱々スフレ

Café ou Thé, Mignardises
コーヒー又は紅茶とミニャルディーズ

手長海老のポワレを芳醇なクリームソースと共に　冬野菜のエチュヴェを添えて

シドニー・ガブリエル・コレット

(Sidonie-Gabrielle COLLETTE：1873～1954)

ワインのシャブリの産地であるブルゴーニュ地方サン・ソーヴル・アン・ピュイで生まれる。20歳の時に15歳上のアンリ・ゴーティエ・ヴィラールと結婚し、最初の作品『クロディーヌ』シリーズを「ヴィリー（Willy)」(夫の筆名）名義で出版。1906年に離婚した後は、パリのミュージック・ホールでパントマイムの芸人や踊り子として活躍した。1920年の『シェリ』の出版によって一躍文壇で認められるようになり、生涯で約50点の小説を出版している。また、パリ・オペラ座から委嘱された新作バレエの台本は、音楽担当であったモーリス・ラベルの1幕オペラの台本『子供と魔法』として完成し、1925年に初演されている。

「性の解放」を叫び、レスビアンの対象も含め華麗な恋愛遍歴でも有名。結婚生活の上でも62歳の時に17歳年下の男性と結婚（三度目）するなど自由奔放な生き方を貫いた。感覚的な女性作家とされ、コレットの表現は情熱的で、五感をくすぐるようなニュアンスに充ちているといわれる。第一次大戦中は、ジャーナリストとしても活躍し、自宅を野戦病院として開放するなど、社会貢献活動も行う。1954年8月3日にパリで他界、8月8日に国葬が営まれ、ペール・ラシェーズ墓地に葬られた。

あらすじ&解説　『シェリ』

『シェリ』という小説の筋書きは、ある意味では非常に簡単である。五〇歳に近い、いわゆるドミ・モンデーヌ、すなわち高級娼婦の世界に生きてきたレアという女性が、気ままな生活から引退する。彼女は、二回りも年の違う美貌の青年で、彼女と同じ高級娼婦マダム・プルーの息子であるシェリに恋をし、七年間生活をともにした後、お互いの将来を慮って別れる。しかし、いったん若い女性と結婚したシェリは、レアが忘れられず戻ってくる。一夜を再びともにした後、レアは化粧もしていない自分の顔を見つめているシェリの目の中に、年老いて肉体的に衰えた女としての自分の姿が映っていることを感じとって、シェリとの仲を自ら清算する。

この小説は、一見、年上の女と若い青年の恋の物語ではあるが、娼婦の子が自分の母親と同年配の娼婦上りの女に恋することによって、母親に復讐する話でもある。それと同時に、一見若さを求める女心を描いた小説に見えるが、実は女が衰えゆく肉体という現実に直面していく様を描いたものとも言える。

言い換えれば、美青年のシェリは、ある意味では若さをいつまでも保ちたいという女心の鏡であると同時に、子どもを持てなかった娼婦の親心の対象でもあったといえる。『シェリ』という小説は、極めて通俗的なテーマを中心としながらも、そこに二重、三重の意味あいが重ねられ、そのことによって、非常に官能的な一種独特のムードを作り出している作品である。

年増女と若き美男子の恋

数十年の男性遍歴のあと、今や悠々自適の生活を送る元高級娼婦レア。

レア・ド・ロンヴァルことレオニー・ヴァロンは四十九歳になっており、気《き》っ風《ぷ》のよい性格のおかげで、華々しい恋の破局やら気高き恋の悩みといった苦い人生経験を積むこともなく、いつのまにかしっかり年金を蓄えた遊び女《あそめ》の何不自由ない余生を送っているのだった。自分の生まれた年を彼女は隠していた。しかし欲情を満たされた女の余裕あるまなざしをシェリに注ぎながら、あたしもちょっとは自分を甘やかしてもよい歳になったのだから、と述懐することはよくあった。整頓された室内、贅沢なリネン、熟成したワイン、工夫を凝らした料理を彼女は好んだ。ブロンドの若い娘だったころにはひとにちやほやされ、円熟してからはスキャンダルもおこさず、いかがわしい立場に陥ることもなく、金に困らぬ裏社《ドウミ》交界《モンド》〔貴族や金持が出入りする高級娼婦の世界〕の女として生きてきた。

（工藤庸子訳『シェリ』〈岩波文庫〉より）

この成熟しきった果実のような女が、自らの人生の最後の恋の相手に選んだ美貌の青年シェリ。レアとは二回りも年の違うこの美青年は、レアと同じように高級娼婦であった、レアの友達マダム・プルーの息子である。

ここには、二重、三重に、レアの心の奥が投影されている。

美青年のシェリは、美とセックスに明け暮れ、老いを何よりも厭う娼婦生活を送ってきたレアが、引退後も、どこかで常に若さを保っていたいという心のうずきが生んだ、若さへのあこがれの象徴である。

レオ風エスカルゴとジロールのヴォ・ロ・ヴァン

しかしシェリは、単に若いだけではない、どこか子供じみた甘えを持つ男である。しかも同じ娼婦上りの女の子供。そこにレアは(自分自身の子を持っていなかっただけに)、母親の役を投影する。シェリは、かくしてレアにとって恋人であると共に子供でもあり、また若い頃の自分自身の鏡でもある。

一方、シェリにとってレアは何なのか。

シェリはシェリで自分の母親のイメージを年上の女レアに投影して甘えている。しかし同時に、娼婦の子であるという心のうずきを、母親と同じ娼婦を恋人に持つことによって逆に解消しようとしている。いってみれば、娼婦である母親と二重映しになっているレアを自分の恋人とすることによって、実は母親を女として裸にして、高級娼婦扱いし、以って母親の身勝手な生活から生れおちた自分の運命に復讐しようとしているともいえる。

レアはシェリをわがものにしておくために、あらゆる甘さとしつこさと、ある種の冷淡さと高慢さを発揮することにためらわない。

シェリは自分の若さを誇りつつも、若さがレアを逆に遠ざけないように巧妙に甘える。

この二人の恋は従って、非常に官能的でしつこいかと思うと、すっきりした、すがすがしさをも持ち、二重、三重の甘さと酸っぱさと苦さを漂わせたものになっている。

セックスと「食」欲

レアとシェリの恋が官能的であり、また二重三重の心のひだを反映したものであるだけに、この恋物語には、「食」という欲望が、ある時はセックス行為なみの官能的な行為として、またある時は、ある種のなぐさめ行為的な清淡さを持つものとして、物語のいろいろな場面に登場する。

「そうそう、クリームたっぷりのソースをかけた小海老の料理、ああ、あれを食べたいなあ！」

そうシェリがレアに対して、甘えるように叫ぶと、横から母親のマダム・プルーは、とがめるような口調で、

「この子食欲がまるでないんだけれど、小海老なら食べてくれそうなんだわ……」

と皮肉る。

ここでは、「クリームたっぷりのソースをかけた小海老の料理」は、レアの豊満な肉体と、ねっちりするほどの成熟した性行為を象徴している。

このことは、この料理の作り方を知っているのは料理人だけではなく、レア本人であり、マダム・プルーが、レアに対して、

「あんなに美味《おい》しいって言った小海老の料理、あんたまだ作り方を教えてくれないじゃないの」

となじっているところにも如実に反映されている。

小海老の料理とならんで、『シェリ』に登場する官能的香りのする料理は、ヴォ・ロ・ヴァン

（Vol-au-Vent）である。

これは、パイ包みを小さな箱のように作り、その中に牛の胸腺《リ・ド・ヴォ》や鳩肉などを詰め物にして入れた料理で、近年は、かたつむりを入れるものも流行っているようだ。

もともとコレットの生地ブルゴーニュの料理は、焼物やいため物よりも煮もの、詰め物などに特徴があるといわれており、コレットの小説の主人公がヴォ・ロ・ヴァンを好むのも、いかにもコレットらしい。

また、ヴォ・ロ・ヴァンのことが言及されるのは、シェリとレアが、レアの家で仲むつまじく友人たちのいわば棚おろしを行っている会話の中でのことである。そしてこの会話には、「娼婦のヒモ」だの「女衒《ぜげん》」だのと、いかに元娼婦と娼婦の子の間の会話とはいっても、恋人同士の会話にしては、あまりにもあけすけで下品な言葉が散乱している。しかし、そのお蔭で、そうした会話の中でふとしたきっかけから言及される料理としてのヴォ・ロ・ヴァンは、いかにも官能的な、しつこい料理としてのイメージを倍加させている。

これら全ては、この物語におけるセックスと食欲の二重映し、シェリとレアの間の官能的恋の投影を意味しているのみならず、実は、年上の、娼婦上りの女たるレアが（とりわけ若いシェリに対して）持っている、濃厚な洗練された魅力を象徴しているといえよう。

シャラン産鴨のロースト カシス風味のビガラッドソース

若さの魅力

『シェリ』が単なる年上の女と若き青年との官能的恋物語に終っていないのと同様に、ここに登場する料理も、濃厚な、洗練されたものばかりではない。

青年の持つある種の気取りといったもの、とりわけ、年上の官能的女に恋するが故にこそ青年が自分の身の精神的装いとして身につけようとする、ある種の気取りが、この小説の行間に潜んでいるように、料理にもそれが表れている場面がある。

例えばシェリが、男性の友人と二人でドラゴンブルー（Dragon Bleu）というレストランで食事をするシーンがあるが、ここで彼は「遊びを覚えたばかりの帽子屋の小娘がとるような晩餐」を注文したことになっている。この時の料理は、ポルト酒を使った魚の冷製、野鳥のロースト、酸っぱくて赤いアイスクリームの中に詰めた、火傷しそうな熱いスフレなどとなっている。ここにはある種の気取り、それもあまり洗練されていない覚えたての気取りといったものが感じられる。若者がちょっと気取って洒落た料理を注文してみようと思って注文した料理である、ということを暗示するメニューとなっているのだ。このことはシェリが、恋人のレアから離れた途端に、青年の素朴さや、若者らしさが表面に出てしまう、いわばメッキが剝がれてしまうことを示唆しているといえよう。

他方、若さは気取りの臭いのする一方で、素朴さと粗野の香りを持つものである。

このことが、料理を通じてそれとなく表現されている場面がある。

「青臭い？」

「それよ、あたしがさがしていた言葉。あんた、あっさりすなおに田舎に来ない？　美味しい苺、新鮮なクリーム、タルト、若鶏のグリル……健康にいいわよ！　しかも女っ気ぬき！」（同書より）

こうした食材と料理は、先ほどのヴォ・ロ・ヴァンや濃厚なクリームたっぷりのソースをかけた小海老の料理のいわば対角線上にあるものである。すなわち、レアの性格や体験が先ほどの濃厚な料理に象徴されているとすれば、ここで出てくる苺とタルトと若鶏のグリルは、いかにもあまり手をかけていない、素材そのものを食べるに近いと言えるような田舎の料理であり、そこにシェリの若さと素朴さが象徴されている。言いかえればレアはシェリの持つ若さ、青臭さに引かれており、レアが若い青年に求めるものは実はそうした若さのもつ荒々しさ、素直さ、素朴さといったものであることが全体からうかがえるのである。

料理は総合芸術

『シェリ』における食事や料理の描写の一つの特徴は、料理の名前や食事の内容だけでなく、作り方への言及があることである。

勿論、デュマの「日本風サラダ」のように、レシピーが書いてある訳ではない。しかし、「良いクリーム・チーズを売っている店のアドレスを教えてほしい」とか「この料理は家でつくっているんですよ。家のコックはちょっとしたものですからね」といったセリフは、さり気ない形で、料理を食べるだけでなく「作る」ことを考えなければならないという、主婦のような感覚がにじみ出ている。

言いかえれば、料理を（自分が作るにせよ自分が雇ったコックに作らせるにせよ）自分の家で作ってそれを自分の恋する男に食べさせるという行為のもつ官能的うずきがここに潜んでいる。

作り方ばかりではない。料理や酒は、その出し方、サービスの仕方も大切である。

女主人たるレアとその雇人で給仕頭のマルセルとの間に交される次のような会話は、レアが、料理の味を最高に引き出すために、室内の調度や光の加減や酒の冷やし方など多くの些細な点に気を配っている様子がうかがえる。

レアは食事をしながら彫金のフォークに赤い磨き粉がのこっていないかじろじろ眺め、片目を閉じてくすんだ木材の艶をたしかめたりする。うしろに控えた給仕頭は、こうした仕草をひやひやしながら見守っていた。（中略）

「……このヴーヴレはワイン・セラーから出すのがちょっと早すぎたようね。食器を下げたらすぐ鎧戸を閉めてちょうだい。本格的な暑さになってきたものね」

（同書より）

ここにはレアが食事にいろいろ注文をつけ、やかましく吟味している態度がにじみ出ている。そ

ブルゴーニュの完熟フロマージュ：シャロル、エジー・サンドレ、スーマントラン

うした生活態度を持つレアは、食事という平凡な行為においても、高級娼婦として身につけた、ある種の洗練さを他人に誇ろうとしている女であることが、ここで暗示されている。

加えて、食べ方の問題がある。

レアは、シェリに料理の食べ方の手ほどきをする。それは社交界を泳ぎ回ってきた女の、青年に対する母親じみた「教育」であると同時に、料理を最大限楽しむためには、食べる方の食べ方も問題であることをグルメとして悟っている女の忠告であった。

だからこそレアは、シェリに対して「パンはいちばんよく焼けている皮のところを食べなさい」または「いつになっても果物のえらびかたも知らないのね」といった言葉をかける。

こうして料理が、作る人、食べる人、サービスする人の三者が参加する、いわば総合芸術であることを暗示し、その各々の部分に、レアとシェリの関係が重なっているかの如き描写をすることによって、レアとシェリの関係の多面性と複雑さを浮彫りにしてみせているのだ。

しかしこのことは、レアとシェリの住む世界、そして二人の恋の世界が、実は、レアとシェリによって巧妙に「作られた」世界であることを物語っている。

そもそも高級娼婦の住む世界ほど「人工的」で虚飾に充ちた世界はない。そうした「人工的」世界に生きてきたレアと、その世界を幼い時から見てきたシェリとの恋自体も、美味な料理のように、巧妙に、人工的に作り上げられ、一瞬の享楽の対象となるものにすぎなかったのだ。

料理の再現

このように複雑な要素のからむ小説の中の料理の再現は、種々工夫を要する。

レアの家での料理、とりわけクリームソースのかかった海老料理は、レアとシェリの恋の濃厚さを示すものでもあるので、メニューに入れるのは当然だ。

海老は独特の甘さと繊細さを持つ手長海老を使い、つけ合せは、カブ、ニンジン、小型のネギ、フヌイユ（ういきょう）とし、海老の殻でとった汁と野菜のブイヨンの味をふくませる。それに若干のエストラゴンを加えてでき上りだ。

しかしメインディッシュをどうするか。

シェリは、レストラン・ドラゴンブルーで野鳥のローストを食べているので、野鴨の料理としよう。ただし、普通の鴨料理では面白くないので、シェリとレアの恋のように、甘さと酸っぱさとほろ苦さの三つの味を感じさせるものとしたい。そのための斉藤シェフの工夫を聞こう。

ローストした鴨の胸肉に、カシス風味のビガラッドソース（キュラソー酒を作る苦みのあるオレンジを用いたソース）を合せました。このソースは、焦がした砂糖にオレンジジュースを加え、そこに鴨のジュを注いで煮詰めるのが普通のやり方ですが、これにカシスを加えることにより、濃厚さを出します。

また付け合せには、キャラメリゼしたほろ苦いアンディーヴ、ポレンタ（とうもろこしや栗のまぜもの）

を棒状にして揚げた形のものにし、苦さが漂うよう工夫しました。

さて、前菜であるが、これはもちろん小説に出て来るヴォ・ロ・ヴァンが適当だが、詰物に何を用いるのかに工夫を要する。

コレットの生地ブルゴーニュにちなんで、ここはやはり地元の名物のエスカルゴ（かたつむり）を主体とし、キノコ類に香草、ベーコン、そして白ワインを加えて煮込む。元より、ブルゴーニュ料理の風味を残すべく、ニンニク、エシャロット、パセリをまぜたバターに、ディジョンのマスタードをきかせて仕上げる。

最後のデザートは難関である。

シェリは、ドラゴンブルーで「酸っぱくて赤いアイスクリームを中に詰めた火傷しそうに熱いスフレ」を食べたことになっているが、これを再現することは難しい。

シェフは何度も試作を試みたあと、漸く、フランボワーズのソルベをライムのスフレの中にしのびこませることに成功した。「赤い色と甘酸っぱさ」をフランボワーズで演出したのだった。

ワインの選び方

いかにも年増女と若い美男の恋物語らしく、小説にはあちこちでシャンペンが登場する。

シャンペンの他には、シャトー・シャロン（Château Chalon）が言及されているが、これは、フランスの東部ジュラ地方に産する、ヴァン・ド・パーユ（Vin de Paille：別名ヴァン・ジョーヌ）の一種で、黄金色の甘口のブドウ酒である。ブドウの収穫後、パーユ（ワラ）の上で乾したことからそう名付けられたというが、海老のクリームソース料理とは合わない。

シャトー・シャロンのほかに出てくるお酒となると、ヴーヴレ（Vouvray）がある。レアがロワール川の白ワイン、ヴーヴレについて「ワインセラーから出すのがちょっと早すぎたようね」と給仕頭にコメントしているのだ。レアの好みの酒と考えられるので、白ブドウ酒はヴーヴレとする。バルザックも好んだワインといわれ、ロワール川でとれる魚料理との合性は抜群とされ、軽快でありながらも舌に残る余韻を持つ白ワインである。

赤はブルゴーニュワインのうちから、コレットの生地に近いワインとしてイランシイ（Irancy）を選ぶ。ピノノワール種からできる少量しか生産されないワインだが、酸味とベリー風味となめらかさが調和したワインとされている。これも、『シェリ』の物語にはふさわしい味であろう。

現在と過去を結ぶ触媒

ところで、この小説の中の、おもしろいシーンの一つとして、とある男爵夫人がスタンドバーで安物の白ワインをひっかけながら二ダースものエスカルゴを平らげているところにレアが行き合わせるシーンがある。安物ワインをひっかけながら、たらふくエスカルゴを平らげている女。そんな女は実は生粋の貴族の一員ではなく、当時のフランス社会によくあったように、成り上がりの貴族であることが暗示されており、同時に、貴族社会におけるある種のデカダンスを象徴していると言える。言いかえればこの場面でのエスカルゴ料理は、ひょっとして娼婦であったかもしれない女の過去と、男爵夫人としての現在を結ぶ官能の糸を象徴しているとも言える。

このように、『シェリ』の中では、プルーストの有名なマドレーヌのお菓子のように、料理とワインが過去と現在を結ぶ触媒、すなわち思い出の触媒として登場する。同時に、それらがある種の過去との訣別の象徴としても使われている。

例えば、レアについて「上品な魚料理とケーキのデザートが心を和らげてくれた。いつものボルドーワインではなく、辛口のシャンペンを出させ、テーブルを立つときには、鼻唄まじりの上機嫌になっていた」という描写がある。これはレアがシェリと別れた後のシーンであり、レアがじつは上品な魚料理とケーキのデザートと辛口のシャンペンによって、さっぱりとした気持ちになろうとしていること、すなわち、別れというものを他人事のように受け止めようとしていることを表しているといえる。

このように『シェリ』では、料理はいろいろな意味で、またいろいろな象徴性を帯びて登場しているのである。

第8章　「マキシム・ド・パリ」と戦争の影

――『チボー家の人々』ロジェ・マルタン・デュ・ガール

VOL. 8

『チボー家の人々』
ロジェ・マルタン・デュ・ガールの夕べ

Menu

Gratin des Huîtres au Champagne
牡蠣のグラタン シャンパーニュ風味のクリームソース

Soupe au Gruyère
グリュイエールチーズたっぷりのオニオンスープ

Tournedos Rossini, sauce Périgueux
トゥルヌドステーキ　ロッシーニ風　ソース　ペリグー

Fromages Frais et Affirés Brie de Meaux,
Roquefort Papillon, Cantal Entre-Deux
フランス産完熟フロマージュ　ブリー・ド・モー
ロックフォール・パピヨン カンタル・アントル・ドゥ

Profiteroles au Chocolat
プロフィットロール 温かなチョコレートソースと共に

Café ou Thé, Mignardises
コーヒー又は紅茶とミニャルディーズ

トゥルヌドステーキ　ロッシーニ風　ソース　ペリグー

ロジェ・マルタン・デュ・ガール

(Roger MARTIN du GARD：1881 ～ 1958)

パリ近郊のオー・ド・セーヌ県ヌイイ・シュル・セーヌの裕福な家庭に生まれ、パリ大学文学部を経て、フランス国立古文書学校を卒業した。1913年、32歳の時、作品『ジャン・バロワ』(ドレフュス事件の渦中に巻き込まれた知識人の生涯を描いたもの)で、文壇の脚光を浴びたが、翌年第一次世界大戦勃発にともない召集を受け、休戦まで4年間従軍した。終戦後に執筆を開始した『チボー家の人々』で著名になる。この小説は、20年の歳月を費やして1940年に完成したもので、20世紀初頭から第一次世界大戦期にかけてのフランス社会を背景に、戦争と社会主義運動の二つの時代の流れの中に、各々異なった考え方をするチボー家の人々の生き方を描いた大河小説である。第3巻「1914年の夏」はノーベル文学賞受賞作品となり、ロジェ・マルタン・デュ・ガールの名前を不朽のものとした。1958年、北フランス・ノルマンディーのベルレーム村の自宅で死去。

■あらすじ&解説　『チボー家の人々』

『チボー家の人々』は文庫本にして二一〇〇ページにもおよぶ、いわゆる大河小説の典型で、表題の通りチボー家の家族とその恋人や友人を描いた小説である。チボー家の当主は、パリの紳士録にも名を連ねる典型的なブルジョアであり、いまの言葉でいえば工場経営者で県議会議員で、教育に熱心な篤志家である。このチボー氏には二人の息子（物語の始まるとき一四歳のジャックと、九歳年上の兄で小児科医のアントワーヌ）がおり、この二人を中心に物語は展開する。

ジャックは、幼いときから、言ってみればある種の反抗者、反逆者であり、若くして社会主義者の陣営に身を投じ、反戦運動に参加し、戦場にビラを撒く過程で死んでいく。彼の女友達、ジェニーとの恋は、純粋な生き方をした多感な少年少女の純愛物語となっている。他方アントワーヌは、ある意味では典型的なブルジョア階級の知識人であり、ブルジョワの倫理と伝統の中に生きている。彼が自らの限界と、自らを取り巻く社会の狭さを知ったのは、奔放な人生を送るラシェルという女性との恋を通じてであった。アントワーヌは、第一次世界大戦の戦場で毒ガスに冒され、結局、その後遺症によって死んでいく。いわば、ジャックもアントワーヌも、ともに第一次世界大戦の犠牲者であり、ジャックがジェニーとの間に残したジャン・ポールが、チボー家を継いでいくことになるが、この長い大河小説は、言ってみればチボー家の崩壊を描いたものということもできる。

反戦運動に身を投じたジャック

ロジェ・マルタン・デュ・ガールの『チボー家の人々』は、表題通り、チボー家の人々の生きざま、とりわけチボー家の二人の兄弟を中心とする物語であるが、この二人の兄弟の生きざまの違いは、二人が足をふみ入れる料理店にも象徴されている。兄のアントワーヌは、友人にさそわれてブルジョアジーの豊かさのシンボルともいえる、高級レストラン「マキシム・ド・パリ」を訪れる。他方、弟のジャックは、新聞記者や社会主義運動家が集まるモンマルトルの「カフェ・デュ・クロワッサン」に通う。このカフェは小説の中では「プログレ」という名で登場する。

今でも実存するカフェ・デュ・クロワッサンは、パリ中心部のやや東にあるモンマルトル通り一四四—一四六番地にあり、丁度モンマルトル通りとクロワッサン通りの交わる角に位置している。この近辺は、かつては新聞社や雑誌社のオフィスがあった区域であり（現にカフェ・デュ・クロワッサンの建物の上層階は、一九世紀には著名な雑誌社のオフィスであったという）、それだけにこのカフェは進歩的文化人の集いの場の一つであったものと思われる。

カフェ・デュ・クロワッサンの入口には、「一九一四年七月三一日、ジャン・ジョレス暗殺さる」と記された金属板がはめこまれている。

社会主義者であり、人道主義者であったジャン・ジョレスは、進歩的人々が反戦から戦争肯定へと流れてゆく中にあって、最後まで反戦を貫ぬいて、暗殺された。

その暗殺の情景は、『チボー家の人々』の中でドラマチックに描かれている。ジャックが、恋人ジェニーと一緒にいる時に、ジョレスの暗殺の現場を目撃したことは、やがてジャック自身が、飛行機から反戦ビラをまいて死をとげる悲劇の前奏曲にほかならなかった。

牡蠣のグラタン　シャンパーニュ風味のクリームソース

お菓子の味と香り

感受性が強く、それでいて反抗的なジャック、現実主義者で冷静なアントワーヌ。この二人の兄弟の間の微妙な心の交流と二人の間の溝は、『チボー家の人々』の物語を色どる主な綾の一つであるが、この何かと対照的な兄弟は、その思想の違いにも拘らず、お互い気を遣い合う（ある意味では兄弟愛の温かさを感じさせる）兄弟である。

この二人の間の、口には十分言い表せぬ微妙な愛情を感じさせる触媒の一つとして、お菓子が登場する。

それは、ジャックがその「不行跡」の故に、父親オスカー・チボー氏の関係する少年院に送られた時、兄アントワーヌがジャックをたずねて町へ散歩に誘う場面である。

ジャックは、往来に立ち止まり、砂糖の衣を着せ、クリームの泡を立てた菓子が五段に並べてある前に立って動かなかった。見るだけで、息が詰まりでもしたようだった。

「さあ、お入り！」と、アントワーヌは微笑しながら言った。

ジャックの両手はアントワーヌの差し出してやった皿を手にして震えていた。二人は、店の奥、選んだ菓子を山と積んだ前に腰を降ろした。バニラの匂い、温かい練り粉の匂いが、半開きになった台所の戸口から匂っていた。ジャックは、一言も聞かず、椅子の上にぐったりと腰を下ろし、いまにも泣き出すかと思われるほど目を充血させ、菓子のひとつを急いで食うと、アントワーヌが取ってくれるのももどかしそうに、さらに別のやつに取り掛かった。

（山内義雄訳『チボー家の人々』〈白水社〉より）

ここでは、甘いお菓子の匂い、そしてその味は、久し振りに会った二人の兄弟のほのかな愛情を確かめ合う象徴として用いられている。

このようにお菓子の甘さとほのぼのとした香りが兄弟の間の親愛感をよびおこすかと思うと、お菓子の甘さととろけるような味は、時として、恋の官能的「味」のシンボルにもなる。事実、お菓子は、アントワーヌと彼の恋人である謎に充ちた女ラシェルとの間でも、ある特別な意味を持って登場する。アントワーヌはラシェルとの恋に落ちた後、ラシェルのアパルトマンに彼女を訪ねる。

アントワーヌは、パジャマ姿で、暖炉の前に立ちながら、波型をしたマレー風のナイフで、プラム・ケー

キの土手を切っていた。ラシェルは欠伸をした。（中略）
　彼は、ケーキの大きな一片を皿に入れた。そして、それを彼女の寝台のそばに持って来て載せた。女は、横になった姿勢をそのままに、ゆるゆると上体を回した。そして体を肘の上にもたせ、体をぐっと仰向け、二本の指の間に菓子の片をつまんで、それを口の中に落としながら味わい始めた。
（同書より）

　ここではお菓子は、ラシェルとアントワーヌの官能的な恋の味を象徴している。同時に、この菓子を二人が食べている情景は、いかにも二人の間の親密さが増してきている状況を見事に描いている。いいかえれば、お菓子は二人の恋の深まりを二人が甘く味わっていることを表している。

ミックスト・グリルの謎

　お菓子だけではない。料理や食事も、この大河小説の中で、時として人間の性格や生きざまを象徴するシンボルとして登場する。

　例えばミックスト・グリルである。

　ベーコンとソーセージ、ハムなどをグリルして同じ皿に盛りつけるミックスト・グリル。

　この料理は、アントワーヌが初めてラシェルを、彼女の住むアパルトマンの近くのレストランに連れ出して一緒に食事をする際に登場する。「（ミックスト・グリルには）色々うまいものが一緒にグリルしてあるんだ。腎臓とか、ベーコンとか、ソーセージとか、カツレツとか……」とアントワーヌが解説すると、ラシェルは、「知ってるわ、それにしましょう」と言いながらまだどこか笑いを残している。

なんとか陽気な笑いを抑えようとしている様子が、ラシェルのいたずらっぽい、謎めいた眼差しの中にうかがえるのだ。

ここで登場するミックスト・グリルは、ユダヤ人を父に持ち、粗暴な愛人と諸国をめぐり歩いてきた、奔放で自由な精神の持主のラシェル・ゲプフェルトの複雑な人生と、彼女の多彩な性格と、そして官能的肉体とを連想させるものとして登場している。あまりフランス料理らしくなく、またどこか粗野な、荒っぽさを感じさせる料理だ。

この場面では、ラシェルが何故ミックスト・グリルという言葉を聞いて謎めいた微笑を浮べたかは明らかにされていない。

その謎がとけるのは、ル・アーブル港からアフリカへ去ってゆくラシェルと彼女を見送りに来たアントワーヌが二人の恋の最後の別れを演じる時である。

ミックスト・グリルとは、アフリカでラシェルを呼びよせている横暴で残忍な、それでいてラシェルがそこから逃れられない魅力を持ったイルシュという男との間の隠語であった。かつてロンドンの場末の町で、兵隊相手の淫売婦をその姉妹二人と弟一人と一緒に、「買い上げて」しまった時、その一家のことを二人は、ミックスト・グリルと呼んでいたのだった。

グリュイエールチーズたっぷりのオニオンスープ

ミックスト・グリルは、ラシェルという女の複雑な性格と数奇な半生を象徴していた。だからこそ、この料理は、アントワーヌとラシェルとの最初のデートの時に登場し、そしてまた、最後の別れの時に登場するのである。

ル・アーブル港で、去り行く船を眼で追うアントワーヌと船上から別れを惜しむラシェルの姿を描いた一節は、ノーベル文学賞を得た作品とは思えぬほど感傷的に描かれている。

アントワーヌとラシェル——敬けんなカトリック信者のブルジョワの家に生れ、何不自由なく育ち、前途有望な小児科医となったアントワーヌと、売春婦のヒモに近い粗暴な男と生活を共にして放浪の旅を体験してきたユダヤ系の女ラシェル。この二人は所詮幸せな家庭を築いてゆくことはできない運命にあった。二人の恋は、二人の異質性の故に激しく燃え上り、またそれがために挫折した。

違った肉片を一時的にミックスして、その違いそのものを味わう料理、それがミックスト・グリルであるとすれば、それは正にラシェルとアントワーヌの恋そのものを象徴していた。

しかし、皮肉なことに、ラシェルとの恋の挫折以上にアントワーヌの人生に、破壊的衝撃を与えたものは、戦場での毒ガスだった。恩師のフィリップ医学博士から、事実上死の宣告をいい渡されたアントワーヌは、南仏の病院で身を横たえつつ、何年ぶりかでラシェルのことに思いをはせる。

「ラシェルもまた病院のベッドの上であっけなく息を引きとったのだ。ひとりぼっちで」と、アントワーヌは、アフリカのギニアの病院の看護婦から何の説明もなく送られてきたラシェルの首かざりをまさぐりながらつぶやく。

「ラシェルもまた」という、この短い「また」という文字の中に、二人の恋が、ようやく同じ次元、すなわち、孤独の死の床での思い出という共通項によって、初めて真の恋に近い形をとり得たことが示されている。

しかし、それでもなお、アントワーヌはつぶやく。

「おれははたして彼女を《愛して》いたのだろうか?　……あれがはたしていわゆる恋とよばれるものなのだろうか」と。

そのことを象徴するかのように、アントワーヌが最後にパリのレストランで食べるのはミックスト・グリルではなく、冷たい牛乳だけであり、しかもその時、アントワーヌは、友人が美事なビフテキを食べるのを眼前にするのである。

マキシム・ド・パリの料理

アントワーヌが、パリで最後に訪れるレストランこそ、パリの中心部、コンコルド広場と目と鼻の先のロワイヤル通り三番地に所在するマキシム・ド・パリだった。

一八九三年に、マキシム・ガイヤールという経営者が小さなアイスクリーム店を買収してレストランを開業したことに端を発するマキシム・ド・パリは、初代支配人コルニッシュの努力や、一九三一年にマキシムを購入して経営の立て直しを図ったオクターブ・ヴォーダブル氏、さらには伝説の支配人といわれたアルベールなどの存在で名声を確立し、パリの社交界、そして世界中の名士の集まるレストランとして有名になった。

ロシアの貴族が美女に大粒の真珠が入った一ダースの牡蠣料理をふるまったり、英国王エドワード七世やマリア・カラスとオナシス、それにプルーストやトゥルーズ・ロートレック伯爵夫人など、数々の「名士」の愛用したレストランとして有名である。

一九七一年十月十四日、イランのパーレヴィ国王が、ペルシヤ帝国建国二五〇〇年を記念してマキシムで開催した夕食会は、

パーレヴィ国王の真珠をあしらったうずらの卵
一九一一年産のシャンペンを使ったシャーベット
帝国風孔雀（註　おそらくキジの美名）
アレクサンドル・デュマ風サラダ

パーレヴィ国王の夕食会のメニュー

Dîner offert par Leurs Majestés Impériales
Le Shahinshah Aryamehr
et l'Impératrice d'Iran
en l'honneur
de leurs hôtes illustres
participant aux
cérémonies du 2500e anniversaire
de la fondation de l'Empire Perse
par Cyrus le Grand.

Persépolis, le jeudi 14 octobre 1971.

Eufs de cailles aux perles de Bandar Pahlavi
(Vin nature de la Champagne, château de Saran)
Mousse de queues d'écrevisses sauce Nantua
(Château Haut-Brion blanc 1964)
Selle d'agneau des grands plateaux farcie et
rôtie dans son jus
(Château Lafite Rothschild 1945 en magnum)
Sorbet au vieux Champagne (Moët 1911)
Paon à l'Impériale, paré et entouré de sa cour
Salade composée Alexandre Dumas
(Musigny Comte de Voguë 1945 en magnum)
Turban de figues garni de framboises au porto
(Dom Pérignon rosé 1959)
Café moka

(Cognac Prince Eugène——réserve des caves Maxim's)
——ロベール・クルティーヌの「パリのお腹」より——

フランス産完熟フロマージュ　ブリー・ド・モー　ロックフォール・パピヨン　カンタル・アントル・ドゥ

等を含んだ、豪華なものだった（※右頁のメニュー参照、このメニューは、フランスの料理評論家ロベール・クルティーヌの「パリのお腹」（(Le Ventre de Paris)）所収)。

マキシムは、「名士」が出入りしていただけではない。いくつかの小説や物語の舞台となっている。

最も著名なものは、レハール作曲のオペレッタ「メリーウィドー」であろう。

一九〇〇年頃のパリを舞台としてくりひろげられるこの喜歌劇は、ハンナという金持ちの美しい未亡人をめぐる物語であることはよく知られている。この中で、ハンナのかつての恋人ダニロは、マキシムで徹夜で酒を飲むことを常習としていた男である。ハンナをめぐる恋のさやあての中でダニロはまた、マキシムに一人ひきこもってハンナに思いをはせたりもする。このようにマキシムは、この歌劇の重要な場面の一つであり、パリの華やかな社交界の象徴として登場する。

小説では、ジュール・ロマンの『ヴェルダン』が有名だ。ここでは第一次大戦中のマキシムの様子が描かれ、同じように第一次大戦中のパリの情景が登場する『チボー家の人々』のシーンの雰囲気と重なっている。

『ヴェルダン』によれば、大戦中、マキシムは一食の皿数を二品に限っていたが、それでも、魚のケネル（つみれ風の練りもの）や、山ウズラ、さらにはマレンヌの牡蠣といった「ごちそう」が供されていたという。

また推理小説ものの一つメグレ警部シリーズの中でも、登場人物がマキシムで華やかな一夜を過す場面がある。

そうした小説との連想もあって、マキシムには一時期「プルーストの晩餐」というメニューがあったと聞く。料理評論家のクルティーヌによれば、それは、

ノルマンディーの舌平目
牛肉のジュレ（煮こごり）
トリュフ（松露）とパイナップル入りサラダ
紅茶入りシャーベットとイリエ・コンブレーのマドレーヌ菓子

といったものであったという。

このようにマキシムは、一世紀前後にわたって、パリの社交界の舞台となり、またパリの食通のメッカであったが、一九八〇年代にピエール・カルダンに買いとられ、その後、『ミシュラン』の格付けでマキシムが三星を逸したことにカルダンが抗議し、『ミシュラン』への掲載を削除するよう要求したことで有名になった。

しかし、このことが象徴するように、マキシムは現在、トゥルーズ・ロートレックのポスターなど、いわゆる「古き良き時代」の雰囲気を今に伝える、食の「美術館」となってしまっているともいえる。

マキシムでのアントワーヌ

このマキシムは、『チボー家の人々』の中で、極めて印象的な形で登場する。

その場面はアントワーヌが毒ガスで胸を患い、南仏の病院に入院した後、ある日パリに上京し、フランス政府の高官とマキシム・ド・パリで料理を食べるシーンである。そもそもこの場面では、高官が「マキシムへ行こう。ちょっと病院生活の気分を変えてあげられると思うから」と言う。それに対してアントワーヌは、「自分はあまり映えないお客だ。なぜならば、自分は病院にいて、夜は牛乳だけしか飲まないことにしている」と遠慮しようとするが、結局連立ってマキシムへ行く。それはアントワーヌがかつて元気な頃、頻々ここを訪れており、なつかしかったからである。
政府高官は、マキシムで季節遅れであるにも拘らず、牡蠣を食べる。この食事は、前後の関係から五月頃に行われたと思われるが、季節遅れになりかけているのに牡蠣を注文し、その後に、ほんのちょっと火を入れて、まだブルーの生に近いようなトゥルヌドー（フィレステーキ）を頼む。このように、季節外れの時期に牡蠣を頼み、しかも最高級のビフテキまで注文していることには、深い意味が込められている。すなわち、この時は一九一八年、まさに第一次大戦の最中であったが、それにも拘らず、パリには「贅沢な生活」が生き続けていたことを意味している。それだけに、戦場で負傷し、今やミルクしか飲めない身となったアントワーヌは、かつて自分自身も楽しんだ華やかなマキシムの食事とその雰囲気にかえって虚しさを感じる。

彼はここに入ってきたときから、気まずい思いのさらに深まるような気持ちだった。戦争以来四十四カ月、こうした豪華なレストランにこうも大勢の客が来ているのを見ながら、彼は無邪気な驚きに打たれていた。テーブルというテーブルがかつての盛り時の晩と同じように客でいっぱい。（同書より）

そしてアントワーヌは、かつてしばしばここに足を運んだ時には顔見知りで、自分を「これはこれは先生（ドクトール）」と挨拶してくれた同じ給仕頭が、今やこちらの顔を見覚えておらず、単

プロフィットロール 温かなチョコレートソースと共に

に「ムッシュー」と呼びかけてくることに、時の流れと自分の体の変わりようとを感じるのであった。

　他方、マキシムの贅沢な料理は、いわば変わらぬパリの贅沢を象徴していた。自らが変っているにも拘らず、パリは変わっていないことに対する苦い気持がにじみ出てくるのであった。そして同時に、一方では戦争が多くのブルジョア家庭を破壊しているにも拘らず、パリあるいはフランス社会全体がそれほど変わってはおらず、常に生き続けているものがあるということに対する感慨があった。そうした変わらぬパリを、マキシムが象徴していたのだった（ちなみにこのマキシムのシーンでは、日本の軍服を着た人がそばで食事をしているといったことがサラッと言及されているのは、興味深い）。

マキシムの料理の再現

アントワーヌの友人がマキシムで食べた料理を再現することは、その時のアントワーヌの心情、ひいては戦争の悲劇や、それでもなお生き続けたフランス食文化の伝統に思いをはせる上で意味のあることかもしれない。しかし、そのままの再現では味も素気もない。

　そこで、第一次大戦前のマキシムのメニューやその後のマキシムの「得意の料理」を参考にしながら、シェフに独創的メニューを作成してもらった（なお、二〇世紀初頭のマキシムのメニューの日本語訳――フランス在住の収集家・立松弘臣氏のコレクションによるもので、邦訳は、右コレク

1904年1月28日のマキシムの夜食メニュー

＜牡蠣＞
マレンヌ・エクストラ　オステンド（ベルギー）産、コートルージュ産

＜ポタージュ＞
オニオングラタンスープ、魚介のスープ、オックステールスープ、モックタート、
スープ、卵のコンソメ

＜魚料理＞
ムール貝の白ワイン煮、エイの黒バターソース、ハドックのイギリス風、薫製
ニシンのグリル、川ハゼのフライ、ロシア風ヒラメ、ブリルのフィレ、モルネー
ソース、アメリカ風オマール海老、伊勢エビのレムラードソース、生イワシの
グリル、
ニシンのマスタードソース、ザリガニ盛り

＜アントレ＞
仔牛のウィーン風カツレツ、骨付き仔羊のグリル　いんげん添え、
牛フィレのオリーブソテー、腎臓のブロシェット　クレソン添え、
フランクフルトソーセージシュークルート
仔牛の頭肉オイルソース、鶏肉のグリル　ディアブルソース、
ウズラのココット煮　トリュフ添え、マトンのチョップ　パナシェ添え
豚足と豚の尾のグリル

＜肉料理＞
鶏肉、ナント産鶏、ルーアン産鶏、プレサレと仔羊の鞍下肉、ヤマシギ、
ジシギ、野生の鴨、小鴨

＜冷たい料理＞
鶏肉、ハム、牛の背肉、牛の舌、フォアグラのパテ、仔牛、鶏肉のテリーヌ

＜野菜料理＞
アスパラガス、アーティチョーク、カリフラワー、トマト、
セップ茸、グリーンピース、カルドン、いんげん、西洋ごぼう

＜アントルメ＞
クレームヴァニーユとクレームショコラ、プラム・ケーキ、プティフール、
自家製コンフィチュール、バー・ル・デュックのコンフィチュール、
パティスリーの盛り合わせ、フルーツのコンポート

＜フルーツ＞
白ブドウ、赤ブドウ、洋梨、リンゴ、アピりんご、バナナ、パイナップル、桃

ションの一部が資生堂ギャラリーで展示された際のカタログによる——は、前頁にかかげるようなものであった)。

シェフの解説を聞こう。

まず一皿目ですが、前菜は現在でも旬の時期にはマキシムのメニューに載る牡蠣のグラタン、これを北海道産の牡蠣を使って用意しました。ホウレン草のソテーの上にシャンパーニュとエシャロットで味つけした牡蠣、そしてトマト・ハーブを散らして、シャンパーニュと白ワインでとった舌平目のフュメを煮詰め、サフランを加えたクリームソースをかけた上、焼き色をつけます。クラシックなクリームソースの仕上げに欠かせない卵黄を掻き立てたサバヨンを最後に加えて、濃厚な味に仕上げました。

次のスープはグリュイエールチーズとオニオンのスープです。褐色に炒めたオニオンに鶏のブイヨンと水を注いでグリュイエールチーズをふりかけ、色よく焼いたオニオングラタンスープは、現在でもパリのキャフェやビストロの定番メニューですが、ここでは特別の工夫を加えました。すなわち褐色にキャラメリゼした甘苦いオニオンに加えて、丸ごとバターと鶏のブイヨンでトロトロになるまでゆっくり火を入れた白く甘いオニオンをつけ、二種類のオニオンの味が溶けたグリュイエールチーズと共に味わえるようにしました。

マキシムの料理に着想を得て作ったメニュー

メインの肉料理は、牛フィレ肉のステーキにフォアグラをのせたマキシムの定番料理、トゥルヌドステーキ　ロッシーニ風としました。小説の中では生でも食べられるほどの肉ということで、焼き方は「ブルー」だったそうですが、ステーキにした時、肉本来のうま味を味わっていただくために、ミディアムからミディアム・レアに近いア・ポワンにしました。

またトゥルヌドの上にのせたフォアグラですが、小説の舞台であった二〇世紀初め、この時代は現在のように生に近いフォアグラをソテーする料理はまだ登場していません。そこでフォアグラはあらかじめテリーヌ型で焼いたものを軽く温めてステーキの上にのせることにしました。この料理には今も昔も定番の、トリュフたっぷりのソース・ペリグーと、薄く切ったジャガイモを重ねてじっくり焼き上げたポム・マキシムを添えました。なお、大皿に盛った料理をテーブルで取り分けるマキシム風のサービスにすれば、一層マキシムの「味」が出るでしょう。

次のフロマージュ、こちらもマキシムのフロマージュのシャリオ（移動台）にのっていたと思われるものとして、パリ近郊のブリー・ド・モー、フランス中央部オーベルニュ地方で二千年前から作られていたとされるカンタル・アントル・ドゥ、そして世界三大ブルーの一つロックフォール・パピヨンの三種を用意し、これに肉汁とハーブを合わせたムスクラン・サラダを添えることにしました。

最後のデザートも、マキシムの定番プロフィットロールです。小さく焼いたシュー生地に滑らかなバニラアイスクリームを詰め、温かいチョコレートソースを持ち回りサービスで供することにしました。

さて最後にワインをどう選ぶか。

パリのマキシムの料理に合せて超一流のワインを選ぶとなると、値段もさることながら、日本で入手すること自体やさしいことではない。なにせマキシムは第二次大戦中、ドイツの占領軍に没収されないよう、三万本の貴重なワインをひそかに秘密の場所に隠したほどだからだ。

そこで一案は、マキシムの売り出している、マキシムワインにするというアイデアである。

まずは、マキシムのためにフランス・シャンペン地方の醸造元ド・カステランヌ社が特別に作ったマキシムブリュットから始め、マキシムの白ワインと赤ワインとすればどうであろうか。

レストラン・マキシムの雰囲気を感じるのにふさわしい選択ではあるまいか。

第9章　謎の女テレーズの食事

――『テレーズ・デスケルウ』フランソワ・モーリヤック

VOL. 9

『テレーズ・デスケルウ』フランソワ・モーリヤックの夕べ

Menu

Carpaccio de Confit d'Oie
鵞鳥胸肉のコンフィのカルパチョ仕立て

Brandade de Morue aux Senteurs de Pin,
Sauté de Chipiron et Sépia aux Blés
塩鱈のブランダードに松の実の香りを添えて
ヤリイカのソテーと小麦を加えたイカ墨ソースと共に

Asperges Vertes et Blanches, Sauce Maltaise
二色のアスパラガスをオレンジ風味のオランデーズソースで

Rôti de Pigeonneau Farci de Cèpes et Foie Gras
セップ茸とフォアグラを詰めた仔鳩のロースト

Crème Brûlée à la Lavende Accompagnée de Fruits Rouges Compotés
ラヴェンダー風味のクレーム・ブリュレ
赤いフルーツのコンポートと一緒に

Café ou Thé, Mignardises
コーヒー又は紅茶とミニャルディーズ

セップ茸とフォアグラを詰めた仔鳩のロースト

フランソワ・モーリヤック
（François MAURIAC：1885 ～ 1970）

カトリック作家の一人。ボルドーの中産階級の家に生まれる。1906 年にパリに赴きフランス国立古文書学校に入学したが、まもなく退校し文学に専念した。『現代誌』に寄稿するかたわら、1909 年に詩集『合掌』を発表。その後、第一次世界大戦に従軍し、戦後『癩者への接吻』（1922）を発表して小説家としての地位を確立した。古典的な物語構成と、精密な文体、そしてありのままの人間を描き出す作風が評価される。アカデミー大賞を獲得した『愛の砂漠』（1925）や『テレーズ・デスケルウ』（1927）、『蝮のからみあい』（1932）などが名高い。

日記「黒い手帳」は死の直前まで週刊誌に連載され、第二次世界大戦中、反ナチス抵抗運動に参加した記録や、フランス第 4 共和国の最大の問題であったアルジェリア戦争をめぐる論評は注目を集めた。その後、晩年にいたるまで政治論や文学論を書き続けた。1952 年にノーベル文学賞を受賞。

■あらすじ&解説　『テレーズ・デスケルウ』

主人公、テレーズ・デスケルウは、夫のベルナールが心臓病のために普段使っている砒素を利用して、夫を毒殺しようとした女である。医師の訴えで裁判にかけられるが、家の体面が傷つくことを恐れた夫とその家族が工作し、テレーズは有罪判決を免れる。釈放されたテレーズは、夫によって町から離れた田舎の家に夫や召使の監視の下に閉じ込められ、日曜日に夫婦の仲のいいことを外に示すために、わざわざ教会に行かされる他は外出もままならない日々を送る。やがてテレーズは憔悴し、衰弱する。その様子に夫は恐怖にかられ、五カ月後にテレーズをパリの最も華やかな場所で、雑踏の中に置き去る。その後、テレーズがどのような運命を辿るかは、この小説では明らかにされていない。

作者、フランソワ・モーリヤックは、その後のテレーズ・デスケルウについて第二、第三の小説を書いているが、この『テレーズ・デスケルウ』という小説の中では、テレーズの運命は暗示されているようでもあるが、同時にはっきりしないまま残されている。テレーズは一切のものに飽き、倦怠した女であり、ある意味では一切のものを失ってよいと思っている。また一切のものを失うことによって、自己を解放しようとしながら、それが果たせなかった女と考えることもできる。

従ってこの小説は、ある意味では魂の牢獄、あるいは牢獄に閉じ込められた魂の物語である。テレーズ・デスケルウは、そういった魂の象徴であり、この小説の主人公は実は、閉じ込められた魂であるといえる。同時に、テレーズ・デスケルウが縛られていたものは、ボルドーも含むアキテーヌ地方のランドという土地、ないしはその土地の歴史や因習、社会であり、その中でしか生きられない人々である。そうした意味では、ランドという土地とその歴史と因習が、この小説の本当の主人公であるということもできよう。

女と毒薬

人里はなれた森の近くにある大農家。因襲にしばられた農村社会と平凡な夫。その夫ベルナールは、心臓病を患い、治療のために砒素を使っている。妻テレーズは夫の毒殺を試みる――ノーベル文学賞作家フランソワ・モーリヤックの小説『テレーズ・デスケルウ』は、いかにもフランスらしいテーマ、女と毒薬をめぐる物語である。

日本では毒という言葉には訓読みがないことに象徴される如く、古来あまり毒についての民間伝説はなく、江戸時代の大名の毒味役くらいしか物語のテーマにならないようだ。しかしフランスでは一六世紀のカトリーヌ・ド・メディシスをはじめとして、歴史上「毒」にまつわる劇的物語は人々の注意をひいてきた。

とりわけ、兇器や暴力による殺害と違って毒による殺人は、女性によっても容易に実行できるため、毒と女性の二重映しは、これまた人々の心をとらえてはなさぬ不思議な「魅力」を持ってきた。だからこそ『三銃士』の物語の中でも、美しい間諜ミラディが三銃士を暗殺しようとワインに毒薬をまぜたという筋書きが用いられているのだろう。

また『モンテ・クリスト伯』の物語の中でも、ヴィルフォール夫人は、自分の息子に財産を相続させるために、義理の娘のヴァランティーヌの毒殺を企て、それをつきとめたモンテ・クリスト伯が、ヴィルフォール一家を破滅に追いこむエピソードが思い出される。

鴛鳥胸肉のコンフィのカルパチョ仕立て

このように女と毒薬の関係には、ある種の猟奇性が漂っており、その「魅力」を巧妙に利用したのがモーリヤックの小説だともいえる。

謎の女テレーズ

主人公テレーズ・デスケルウは、美しく、知性もあり、裕福な資産を持つ女であった。夫は凡庸とはいっても、夫婦の間に特段の不和や経済的問題があるわけではない。しかし、テレーズの心の中には闇ともいえる暗渠があり、焦燥と不満といらだちが潜んでいた。

そうしたテレーズの心理を反映して、この女主人公は、小説全体を通じて、性格の乾いたカサカサした人物として描かれている。ただ同時にテレーズはどこか根底に、ある種のもろい繊細さと優しさを持っている人物である。ただそうした面が、テレーズの心の奥深く潜んでいても、誰もそれに手をさしのべることはもちろん、それに十分気付くこともないところにテレーズの悲劇があった。

テレーズは自分の中にいつもとじこもり、他人との間にある種の煙幕をはっているが、それを象徴するものがタバコである。テレーズは次から次へとタバコを吸う。これは彼女の心の落着きのなさや内閉的性格を反映しているといえる。すなわち、タバコの煙によって、外の世界と自分の世界との間にある種の煙幕を作り、煙の中に真実の自分を隠すのである。同時に、次から次にタバコを吸い続ける姿は、テレーズの内面の焦りを表しており、自己の心の動きそのものが自らに対しても不透明であることを象徴している。

テレーズは、このように、ある種の二面性を根深く持つ女である。この二面性は、テレーズが生活しているランド地方の人々の社会的性格と似たところがある。

ボルドーとその周辺のランド地方は、ブルジョワ的利益追求に身を入れる人々と、ワインや森や海や川といった多様な自然の誘う夢想的性格の人々が並存している。一方で信心深いが、他方で世間体のためなら偽善を厭わぬところがある。

こうしたランド地方で人々が執着するものは、金銭と因襲（あるいは体裁）と愛欲である。テレーズは、しかし、そのどれにも自らを投げこまなかった。むしろ彼女は、金銭と因襲に執念を持つ周囲の人々の犠牲になったともいえる。

ではテレーズは、第三の「救い」たる愛欲に何故身をゆだねようとしなかったのであろうか。それは、愛欲に溺れることが結局、自らの孤独と哀しさを一層感じることに終ると知っていたからだろうか。

ボルドーの近くに住みながら酒に溺れず、美味な料理に舌鼓を打とうとする気配もない。食欲すらなく、タバコを吸って室にこもりがちなテレーズは、正に不思議な女である。

日本人作家を魅了したテレーズ

不思議な女テレーズは、なぜか多くの日本人作家を魅了してきた。

『菜穂子』を書いた堀辰雄、『檻』の中村真一郎、『愛の渇き』のいわば下じきにテレーズを用いた三島由紀夫、そして『テレーズ・デスケルウ』の翻訳に手を染め、「テレーズの影を追って」という随筆ないし紀行文まで書いた遠藤周作などである。

三島の『愛の渇き』の主人公悦子もテレーズと同じように不思議な女である。夫となじめず、夫が病死することが分かった瞬間に夫に接吻する女である。そして、年老いた義理の父のかさかさした手の愛撫をうけながら、同時に若い庭師に恋をし、そして最後はその庭師を殺害する。庭師と肉体関係を結ぶことは不毛の「恋」のくり返しでしかなく、むしろそれを自分の手で終結させること自体の中に一種の陶酔を感じるのである。

『愛の渇き』と『テレーズ・デスケルウ』の対比については、三島自身も、また多くの批評家も、物語の結末についての大きな違いを指摘している。

テレーズは最後、いわば夫に捨てられた形でパリの真中に置き去りにされる。しかしそれは夫と田舎の因襲と、それまでの自分自身からの解放でもあった。

だからこそテレーズは、最後に「今、自分の興味をひくのは生きている人間、血や肉を持っている人間だけだ」とつぶやくのである。このつぶやきの中には再生への希望がこめられており、だからこそ

塩鱈のブランダードに松の実の香りを添えて ヤリイカのソテーと小麦を加えたイカ墨ソースと共に

作者は、『テレーズ・デスケルウ』の続篇を書いたのだった。

一方、三島の小説の主人公悦子にはそうした未来の救いはない。そのことを象徴するかの如く、テレーズは夫を「殺そう」とはしたが殺してはいない、それに対して悦子は殺人を実行し、そのことによって愛欲の一瞬の悦楽を拒否し、死と愛を同一線上に並べることで自己陶酔におちいる。

このように、二つの小説が、一見似ているようで違っていることはまぎれもない事実である。けれども、翻って考えると、テレーズと悦子には、一つの共通点がある。自らの孤独と空漠感を「愛欲」の中に解消できるとは思わず、またそうしなかったことである。

このことは、実は、モーリヤックの小説における料理の意味とも関連している。

食べることは、食欲という言葉が暗示しているように欲望の充足である。肉体的愛欲に溺れるのと同じように、美味な料理に一瞬の快楽を見出す者は多い。しかしテレーズはそうしなかった。ここでもテレーズは不思議なほどに質素であった。

テレーズを覆っている、こうした禁欲的なムードと、その奥に潜む激しいうずきとの対比が、おそらく日本人作家をモーリヤックの作品に近づけた、大きな理由であったかもしれない。

遠藤周作のテレーズ

『テレーズ・デスケルウ』に最も強くひかれた日本人作家は、やはり遠藤周作であろう。

遠藤は、フランスの現地で、テレーズの住んでいたランド地方へ実際に足を運び、「テレーズの影を追って」という小文を書いた。その中で遠藤は、テレーズの魅力について次のように語っている。

テレーズの魅力、それはまず生にくたびれた者がすべてに対して受身でしかありえないあの魅力だった。テレーズはこの曠野の封建的な家の檻《おり》のなかで疲れ果てた。(中略)

テレーズの魅力、それはこのように一切のものに倦怠した女が自分の周囲の人間を凝視する時光らす非情の眼であった。彼女は夫ベルナールを一瞬といえども愛したことはなかった。しかし同時にこの男のどんな心理のどんな動きをも見逃したことはなかった。彼女は絶対に酔うことが出来なかった。酔うことが出来ぬ故に動くことも出来なかった。

（遠藤周作『牧歌』新潮文庫より）

「動くことも出来なかった」テレーズは何故夫に毒を盛ろうとしたのか。遠藤は言う。

私（注、テレーズ）が夫に毒をもったのは生きたかったからだ。少なくとも生のすべてを割り切れるベルナールのような人間の眼のなかに、私と同じような死の不安を見たかったからだ（中略）（そうじゃない。私はそれほど怖ろしい女ではなかった。ただ私の運命はいつもそうだったのだ。）

（同書より）

こう書いた遠藤は、テレーズの影を追って行った旅の末路に着いた修道院で、最後に次のようにつぶやいた。「ランドのむせかえる西日のなかでこの女の姿を前にしてぼくは一本の死樹に靠《もた》れたまま化石のように動かなかった……」。

物語の中の食事

この小説の中では、食事についてかなりしばしば記述されている。しかも、それは非常に特徴的である。第一の特徴は、テレーズが、自分の家族なり友人なりと共に食事をしても、食事を楽しまず、また家族とコミュニケーションを成立させることもほとんどないことである。元来、食事は、多くの場合、人々の間のコミュニケーションの場であり、またその触媒となり得るものであるが、テレーズの場合、食事はそういう機能を全く果たしていない。

テレーズとベルナールの結婚式の披露宴の食事シーンに、次のような描写がある。

この結婚式の後、当分の間、サンクエールとボルドー市では、ガマーチャの結婚式にも似たこの婚礼を話題にする人たちは、(百人以上もの小作人や召使が樫の木の下で飲み食いしたものだ) みな、いわゆる美人ではないが、魅力そのもののような花嫁が、あの日は誰にも醜くおぞましいもののように映った。

(遠藤周作訳『テレーズ・デスケルウ』〈講談社〉より)

すなわち、もっとも華やかであるべき結婚式、しかもそこでは相当なご馳走が出たであろう結婚式が、じつは非常に無味乾燥なものとして描かれているのである。

通常、結婚式の食卓は人々の間のコミュニケーション、あるいは喜びを分かちあう場であるが、テレーズの場合はまったくそうではなかったこと、そこでは食事はそうした機能を全く果たしていなかったことが示されている。

第二に、『テレーズ・デスケルウ』の中での食事の場面で特徴的なことは、料理の中身についてほとんど描かれていないことである。とくに食物そのものや料理について、ほとんど言及がない。

二色のアスパラガスをオレンジ風味のオランデーズソースで

第三の特徴として、料理の中身に触れられているような場合であっても、食欲を感じさせるもの、あるいはおいしさを感じさせるような描写はまったく出てこないことがある。たとえば次のような描写がある。（テレーズの夫、ベルナールが家に帰ってきたときの描写）

急いで百姓の服を着て（冷たい水で、ろくすっぽ顔も洗わずに）犬のように台所をあさり、戸棚の中の残りものに鼻をならし、ほんの一口の鶏の脂漬けかぶどうの一房、ニラ入りのパイで朝めしをすます。それが一日のうちで彼のいちばんのごちそうなのだ。

（同書より）

このような描写があるが、ここでは夫のベルナールの食事ですら、食欲をそそるようなものではなかったことが暗示される。

このことは（先にも若干ふれたように）、いわゆる食欲や性欲といった肉欲的なものの世界にテレーズが自分を投げ込むことによって、自らを解放する、あるいは自らの苦しみを忘れることができなかったことを暗示している。

ではテレーズは現実には何を食べていたのか、たまにはおいしいものも食べていたのではないか、という疑問も起こる。このことを想像させるものとしては、たとえば次のような描写がある。ベルナールが、捕まえた山鳩をテーブルに投げ出して、それを見ながらゆっくり食事をしているというようなシーンである。また、ベルナールが鳥を料理してテレーズに食べさせることを禁じたという部分からは、逆に一時はテレーズも鳥料理を楽しんでいたことがうかがえるのである。

また、この二つの描写から、山鳩や鳥料理が、デスケルゥ家の得意の料理であったことが想像できる。実は、ランド地方には非常においしい料理として有名な鳥料理がいくつかある。とくにポルトランという鳥（ホオジロの一種であるが、今日ではほとんど食べることのできない禁鳥）は、非常に香りもよく、これを食べるときには頭の上から白い布を被って、匂いを楽しみながら食べる風習があったといわれるほど有名な料理である。

ちなみに、野菜の裏漉し、あるいはコンフィ（鴨肉などを脂漬けしたもの）といった料理の名が出てくることからいって、テレーズが軟禁状態におかれた際に毎日食べさせられていたものが何であったかが、大体想像できるのである。

テレーズ・デスケルウと共に食べる料理

さて、複雑な性格を持ち、禁欲的ともいえるテレーズ、そしてこの小説の中に登場する食事の意味とそれが暗示するもの、さらにはテレーズを金縛りにしているランド地方の因襲——そうした全てを象徴的に表現する料理の献立は何がよいか。

色々な要素を考えて、テレーズと共に食する気持ちになるものはやはり、ランド地方の地方料理であろう。

ランドの地方料理で有名なものの一つは、テレーズも口にしていた、鵞鳥の肉のコンフィである。これをオードブルに仕立てることにする。

普通、鴨や鵞鳥のコンフィは、胸肉やモモ肉を一度塩漬けし、その後、脂とともに数時間ゆっくりと火を入れ、その脂に漬けたまま保存するという、一種の保存食である。

シェフは、これに現代風のタッチを加えるという。すなわち、鵞鳥の胸肉を中心温度が六二度になるまで脂と共に真空調理し、そうすることによって胸肉のロゼの色としっとりとした柔らかさを保つよう工夫するのだ。それにサヤインゲン、小さめの空豆とムスクラン・サラダを添え、ケッパー、きゅうりを加えたラビゴットソース（ネギ、タラゴンなどを酢にまぜて作った辛味のソース）で食するのである。

次の魚料理は、ランド地方が松に覆われていることに発想を得て、松の実の香りをつけた鱈料理とする。ミルクとニンニクを入れてゆでた鱈の身をほぐして、じゃがいものピューレと合せた料理である。これにランド地方の特産であるアルティショ（朝鮮あざみ）をそえてさらにランド色を出す工夫をする。

これだけで十分のはずであるが、いたずら心を加えて、バスク地方の郷土料理であるヤリイカのソテーをイカ墨のソースとともにつけ合せてみるのも一興であろう。

中心の肉料理は、（小説の中でベルナールが狩で獲ってきた山鳩やホオジロなどが料理されたことが示唆されているので、それに沿って）フランス産の仔鳩のローストとする。鳩肉の中にセップ茸、トランペット茸、フォアグラ、砂肝、ホウレン草などを詰め、ソースは、自然に焼き上る段階で出るジュをかけることですまし、できるだけ仔鳩の肉の味がそのまま出るように工夫する。

最後のデザートであるが、夏、フランスの南西部の郊外によく見られる、ラヴェンダーの香りのついたクレーム・ブリュレとした。

さてワインであるが、この小説ではワインが特別な意味をもって登場していることに注意する必要がある。

テレーズの飲むワインについては、この小説の中のいくつかの場面で言及されている。

一つは、テレーズがベルナールと、森の中のレストランで食事をする時である。

ベルナールは、今まで飲んだことのないラインワインを注文しようとするが果せず、癪に障る。

ラヴェンダー風味のクレーム・ブリュレ　赤いフルーツのコンポートと一緒に

ボルドーのブドウ園の経営者が夫婦そろっての外での食事にラインワインを注文しようとするのは、何かそこに奇妙な倒錯を感じさせる。そんな夫を冷たく凝視しているテレーズの視線が感じられる。

もう一つのシーンでもいささか奇妙なとりあわせが出てくる。

テレーズが自宅軟禁に近い生活を強いられ、食欲をなくしている時、ベルナールは、テレーズに

「飲めよ。スペインのブドウ酒だ。とても元気がつく」と、コップをさし出す。

ここでも、地元のボルドーのお酒のことは全く無視されている。さらに、小説の最後の部分。

パリの町の真ん中で夫にいわば「捨てられた」テレーズは、ロワイヤル通りのレス

トランで食事をとる。その時テレーズが注文する小びんのワインは、「プイイ」（Pouilly）である。これはおそらく、ブルゴーニュ地方の一部プイユ地区の白ワインであろう。

このように、食事と共にテレーズの前に登場するワインは全て地元のボルドー地方以外の地域や外国のワインである。

このことは、テレーズが、いかに自らの住むランドとそれに隣接するボルドーのブドウ園を経営する家族から心理的に隔絶された人間であったかを暗示している。

そこで料理と同時に出すワインは、ロワールの白ワイン、サンセールにスペインの赤ブドウ酒あたりではどうだろうか。

小説の末尾でテレーズは、一杯気げんでレストランを後にする。

テレーズは酒を少し飲み、煙草を沢山ふかした。満ちたりた女のように一人で笑い、念入りに頬紅をつけた、口紅をひき、それから道に出て気のむくまま歩きだした。

（同書より）

『テレーズ・デスケルウ』の物語は、ここで終っている。

ブドウ酒は、最後に、テレーズの心の解放に一役買ったのだった。

第10章　『赤と黒』とフランシュ・コンテ地方料理

――『赤と黒』スタンダール

VOL. 10

『赤と黒』
スタンダールの夕べ

Menu

Feuilleté aux Asperges et Ecrevisses
アスパラガスとエクルヴィスのフィユテ

Saumon mi-cuit au Vin Joune
サーモンのヴァン・ジョーヌ ソース

Saucisse de Morteau avec Choucroute
松の香りを付けたソーセージ　シュクルート添え

Fromage de Franche-Comté, L'Edel de Cléron
フランシュ・コンテのフロマージュ
レデル・ドゥ・クレロン

Canon de Chocolat aux Fruits Rouges,
Sorbet de Pêche au Vin Jaune
チョコレートの筒に詰めた赤いフルーツ
ヴァン・ジョーヌ風味の桃のソルベと共に

Café ou Thé, Mignardises
コーヒー又は紅茶とミニャルディーズ

松の香りを付けたソーセージ　シュクルート添え

スタンダール

(STENDHAL：1783 ～ 1842)

本名、マリ＝アンリ・ベイル（Marie Henri Beyle)。弁護士の子としてグルノーブルに生まれ、16 歳の時、優秀な成績でパリの理工科学校に入学する。その後ナポレオンのイタリア遠征軍に加わり、ミラノへ入城。

ナポレオンが没落すると官を辞し、定住を決意してミラノで生活を始め、最初の著作『ハイドン・モーツァルト・メタスタジオの生涯』をルイ・アレクサンドル・セザール・ボンベという筆名で書いた。

イタリアで奔放な恋愛を体験し、美術や音楽を楽しんだが、1821 年に官憲からあらぬ嫌疑をかけられ、心ならずもパリへ戻る。1822 年、44 歳の時にミラノ時代の生活に基づく『恋愛論』を書き、1830 年には『赤と黒』を発表。しかし、当時この小説はごく一部の人々に評価されたに過ぎず、僅かの部数しか売れなかった。1842 年､パリの街頭で脳出血で倒れ､死去。墓碑銘には「ミラノ人アッリゴ・ベイレ　生きた、書いた、愛した」と記されている。

■あらすじ&解説　『赤と黒』

スタンダールの名作『赤と黒』の筋書きは、よく知られている。スイス国境に近いブザンソンの郊外、ベリエールの町長レナール氏の家で住み込み家庭教師をしていたジュリアン・ソレルが、レナール氏の夫人とただならぬ仲になり、それがひとつのきっかけとなって、フランス有数の大貴族ド・ラ・モル侯爵の秘書となるべくパリに赴く。ジュリアンが二一歳ないし二二歳の時のことである。パリで高慢なド・ラ・モル侯爵の娘と出会い、幾多の恋の駆け引きのうちにその娘をなびかせるが、いざ結婚という段になって、侯爵の照会を受けたレナール夫人からジュリアンをそしる手紙が来て、それに怒ったジュリアンがベリエールの町の教会でレナール夫人を狙撃し、それがもとでジュリアンは絞首刑になるという筋――。

この作品は、一人の青年の物語であると共に、一八二〇年代から三〇年代の社会小説でもある。フランス革命にあらわれた革命の情熱、あるいはナポレオン戦争にふき出た愛国主義、軍人の野心、情熱の火といったものはすでに過去のものとなり、王政復古の貴族社会はエネルギーを消失し、しかし勃興するブルジョアジーはいまだ十分な力を持っていない。しかも、老人支配といわれる社会が一八三〇年代のフランス社会の特徴であり、勢い若者は行き場を失って社会の内側に屈折するか、あるいは犯罪的な行為に走るか、といった状況の時代であった。従って、この小説が副題として「一八三〇年年代記」という題を持っているのは、極めて象徴的であるといえる。

『赤と黒』の謎

下層階級に生まれながらも、容姿と才能と野心を武器に上流社会にのし上ってゆくジュリアン・ソレル。しかけた恋と野望が破れるや、自らの手でおのれを死刑台へ送りこむような自滅行為をする青年ジュリアン・ソレルの半生を描いた『赤と黒』は、そのタイトルをめぐって今なお論争が絶えない。

「赤」は軍隊の制服、「黒」は聖職者の制服を意味し、小説『赤と黒』が「一八三〇年年代記」という副題を持っていることに照らしても、この時代を象徴しているのだとする見方もある。

また、「赤」は革命の血潮と共和主義を、そして「黒」は反動的宗教界と暗い陰謀を意味すると考える人もいるようだ。

なかには、赤と黒はルーレットと同じ様に、双方一対で運命のきまぐれと変転を表しているという見方もある。

しかし、常識的に考えれば、やはり「赤」は情熱と恋と野望を表し、黒は不安と心の中の歪みやたくらみを象徴していると考えるのが妥当だろう。

この小説をめぐる謎は、表題だけではない。この小説のモデルについても謎がある。

主人公ジュリアン・ソレルが、かつて自分が住み込みの家庭教師をしていた家の夫人、レナール夫人に恋をしかけ、最後には夫人を教会の中でピストルで狙撃するという筋書きは、一八二七年頃、南仏の町で実際に起った[*1]ベルテ事件を基にしたものと言われている。

ベルテが処刑されたグルノーブルの広場はスタンダールの祖父が住んでいたところであり、またベルテ事件が起ったタイミングと『赤と黒』の執筆時期から見て、小説の執筆時にスタンダールがこの事件を知っていたと考えることは不自然ではない。

アスパラガスとエクルヴィスのフィユテ

しかし、その一方謎めいているのは、スタンダールが、ベルテ事件を知っていたことを証明する手記やメモは残っていないことだ。しかも、ベルテ事件の詳細が報道されたのは、一八三〇年五月になってからであり、この時期には『赤と黒』はほとんど完成していたとみられるのである。スタンダールは本当に実話を基にしてこの小説を書いたのか、について確証はないようだ。

しかし、『赤と黒』をめぐる最大の謎は、この小説の終末に関連するものである。

物語の終末をここで想起してみよう。

自分の秘書に雇ったジュリアンと恋仲になってしまった娘マチルドを、ジュリアンと一緒にさせることをしぶしぶ認めるつもりになったド・ラ・モル侯爵は、念のためと、かつてジュリアンを家庭教師として雇っていたレナール夫人に照会の手紙を出す。それに対してレナール夫人は心ならずもジュリアンを批判する返事を書き、これに激怒したジュリアンは、馬車をとばして地方都市ベリエールに赴き、教会でレナール夫人を狙撃するのである。

ところが、レナール夫人の手紙をジュリアンが読む件《くだり》から、ジュリアンの撃った弾で夫人がばったり倒れるまでの描写は、フランス語の原本で一頁半ほどにすぎず、あまりにも唐突に結果が到来し、読者はいささか狐につつまれた様な気になるほどで、長年の間、作者スタンダールの意図を測りかねるとする批判も多く、このあたりの解釈も謎につつまれている。

ジュリアン・ソレルとは

『赤と黒』をめぐるいくつかの点について、いかにも謎めいて語られるのは、実は、主人公のジュリアン・ソレルの人柄や心の動きにやや謎めいたところがあるからに他ならない。

ジュリアンは、自分の出自を卑下し、コンプレックスに悩む一方で、内にひそむ反逆心をこらえて冷静に野望を実現しようとする男である。

母親的な女性に恋心を抱くような弱さがある一方、賢明で冷たい貴族の娘に、出世のためとはいえ恋の遊戯をしかけるほど大胆である。

恋愛を戦闘行為のようにみなして、これからあの娘を征服するとつぶやくかと思うと、女の気まぐれに傷つけられて自殺を考えたりするほど繊細である。

こうした主人公の「性格」には、多分に作者スタンダール自身の青春の姿が投影されているといわれるが、それがかえって主人公の性格に複雑さを与え、謎めいた人物像の形成につながっている。

このように、主人公はじめ『赤と黒』における登場人物は、いずれも印象的な、深みのある人物像となっているが、その反面、この小説における時代背景や周囲の状況についての描写はいたく簡単であり、エミール・ゾラは、時間的、空間的背景が人物の行動や心理に影響していないことを以って、この小説の欠陥であると批判している。

しかし、『赤と黒』をよく読んでみると、背景描写と登場人物の心理の動きが連動している場合があることに気付く。それは、主人公ジュリアン・ソレルが屈辱や侮辱を蒙った場所の描写である。ジュリアンが馬から落ちて泥だらけになったところや、貧相なフロックコートの男にじろじろ眺められたうえ侮辱されたカフェなどについては、何々通りの端であるとか、どこどこ通りのカフェであるといった様に場所が明確に特定されているのである。

これは、屈辱や侮辱をうけた場所は、記憶に鮮明に残りやすいというジュリアンの心理状態と彼の性質を表しているといえる。

食事の場面とジュリアンの心理

このように、ジュリアンの心理状態と情景ないし場所の描写との連動という点は、食事のシーンとの関連においても観察できる。

それどころか、この小説の中で食事は重要な意味を持って登場している。例えばジュリアンは家庭教師としてレナール夫人の家に雇われる際、召使と一緒に食事をさせられるくらいならむしろ死んだほうがいいと自らに言い聞かせ、家庭教師の座をあっせんしようとする父親に対して、「誰と一緒に食事するんです?」とつめよるのである。

ここで食事は、ジュリアンにとって、その内容が問題なのではなく、どこで誰と一緒に食事をするかという「体裁」が問題であった。どこで食事をするかが体裁、すなわち彼の社会的地位と関連

サーモンのヴァン・ジョーヌ ソース

している――そうジュリアンは感じていた。出世のためならつらい事も辞さないジュリアンが、実は一方で体裁を気にするコンプレックスの持主であったことは、食事をめぐるエピソードからも浮び上ってくる。

この小説における食事のシーンには、もうひとつ興味深い点がある。それは、田舎のブルジョアの家でジュリアンがレナール夫人たちと食事をしている場面の描写においては、食事はあくまで、第三者がジュリアン・ソレルを観察する場所として描かれていることである。たとえばレナール夫人の夫は、レナール夫人とジュリアンが愛し合っていることを知らない。それにも拘らず、食事にたまたま同席したデルリエール夫人というレナール夫人の友達が、食事の様子を見て二人の関係に気付くのである。また、同じように食事の席で、第三者がジュリアンのことを噂する場面もある。

出て行く前に、ジュリアンは四つか五つの宴会の招待を受けた。（あの青年は本県の名誉だ）と、すっかりじょうきげんの来客たちは声をそろえて感嘆していた。ジュリアンがパリへ行って研究を続けることができるように、町費で彼の扶助金を出すことを可決しようじゃないかと、そんなことまでが話題に上っていた。こういう向こう見ずな計画で食堂が反響するほどにぎわっているとき、ジュリアンはさっさと正門のところへ行きついていた。

（桑原武夫・生島遼一訳『赤と黒』〈岩波文庫〉より）

このように、レナール夫人の家でのジュリアン・ソレルの食事の情景は、そこでジュリアン・ソレルが人を観察したり、あるいはそこで食事を楽しむ場というよりも、むしろジュリアンが観察される場所であり、それほどジュリアンは自分がどう見られるかということを気にしていたことが暗示されている。

他方、ド・ラ・モル侯爵家における食事のシーンは、レナール夫人の家での食事の場面と正反対に、ジュリアンの方が他の人々を観察する場面であった。

神学校の楽しみ

いずれにしても、レナール夫人の家にしろド・ラ・モル侯爵の家にしろ、食事の内容、すなわちメニューや料理の内容が直接描写されていることはない。わずかにひとつだけ登場しているのは、奇妙なことに、ジュリアンが通っていた神学校の料理についてである。

大祭日には、学生たちの食卓に煮玉菜（シュクルト）付きの腸詰め料理が出る。ジュリアンの隣席の学生たちは、彼がこういう幸福に一こう無感覚なことを観察した。こういうところにジュリアンの最もいけない点があるのだ。

（同書より）

つまり、神学校での御馳走の例として、「シュクルト」付きの、フランス語でいうソシス（腸詰め料理）が出てくるのである。なぜこのように神学校の食事についてだけ、わざわざその中味の料理の名前が出てくるかといえば、この小説の中で神学校の雰囲気なるものが、「神学生たちの幸福というと、ちょうどボルテールの小説に出てくる人物みたいに、ご馳走を食うことの他になかった」と描かれていることからその理由が推察される。すなわち、神学生の楽しみは、おいしいものを食べることぐらいしかなかったということが背景となって、わざわざ神学校における料理の名前が『赤と黒』の中に登場するわけである。神学校において性欲は抑圧されねばならないが、食欲はそうではなかった。現に、神学校にジュリアン・ソレルが通学している間に、その親族が鹿や猪を神学校に届けたとか、あるいは神学校の司祭が夜、ビスケットやマラガ酒を運ばせて、うまそうに飲み食いしたといった描写がある。

いずれにしても、シュクルートと腸詰め料理は、神学校における神学生の特別の楽しみの象徴であり、また同時に、神学校の生徒たちの普段の生活の、散文的な単調さの裏側にあるものであったといえる。

しかしここで、なぜシュクルート付きの腸詰めが出てきたかについて考えなければならない。この神学校は、フランスのブザンソンの郊外、すなわちフランシュ・コンテ地方に存在する神学校であるが、このフランシュ・コンテ地方は、いくつかの地方料理で著名である。とくに腸詰め料理——ソシス——が有名であり、ソシス・ド・モルトという腸詰め料理は、馬鈴薯や野菜などと一緒に出され、この地方独特の料理といわれている。また、この地方は森が豊かであるだけに、木屑を使って燻製にしたあぶり肉や、森の産品のキノコを使った料理が評判であると同時に、ヴァン・ジョーヌ（Vin Jaunne：黄色い酒）といわれる特別な酒の産地として著名である（この酒が別名ヴァン・ド・パーユとよばれることについては、コレットの章参照）。ヴァン・ジョーヌは、黄色い普通のブドウ酒よりはややねっとりとした甘口の酒であり、六年以上、樽の中で寝かせておかなければならないとされ、シェリーに似た特別な香りを持つブドウ酒である。銘柄としては、コレットの小説の主人公も愛飲したシャトー・シャロンが有名だ。

また、フランシュ・コンテ地方は、野鳥や野生のアスパラガスなども豊富なことから、これらの材料を生かした料理が、郷土料理として知られている。

例えば、次にかかげる鳩料理は、鳩肉にジロル（あんず茸）、野生のアスパラガス、それに地元の酒のシャトー・シャロンを加えたもので、フランシュ・コンテの郷土料理の本（ピエール・ボッ

フランシュ・コンテのフロマージュ　レデル・ドゥ・クレロン

ソーモロ著『私のフランシュ・コンテ料理』）に載っているこのレシピーは、およそ次のようなものである。

▼フランシュ・コンテの鳩料理（四人分のレシピー）

鳩肉　四羽分
ジロル　四〇〇グラム
生のアーモンド　四〇〇グラム
野生のアスパラガス　二〇〇グラム
鳥ガラからとったエキス（ｆｏｎｄ）一五センチリットル（※センチリットル＝百分の一リットル）
シャトー・シャロン　五センチリットル
エシャロット　二個
植物油、バター、塩、コショウ　適量

またフランシュ・コンテ地方は、森ばかりでなく渓流と湖の地方としても知られ、ザリガニやサーモン、さらには鯉科の川魚の料理なども知られている。

フランシュ・コンテ地方料理の再現

小説『赤と黒』の料理の再現となれば、どうしても神学校の食事に出たシュクルートとソーセージがメインにならざるを得ない。

この地方には、先にもふれたがソシス・ド・モルトといわれる有名なソーセージがある。これは直径が三〜五センチにもなる大型のソーセージで、低温で長時間燻製された独特のものであるが、日本では入手困難なため、再現メニューでは、シェフの智恵で神戸のフランス人が経営する店からこれに近いものを送って貰って代用することとした。

しかしそれだけでは面白くないので、松の葉でこれをスモークし、独特の香りをつけて供することとした。

前菜は、フランシュ・コンテの特産物のアスパラガスとザリガニのパイ料理とした。これにモリーユ茸をベースにしてトリュフのジュを加えたクリームソースをかけて食べる。問題は、ザリガニだ。フランス人シェフも認める特別のザリガニとして、北海道阿寒湖から取り寄せたものを使うことにより、やや大味のアメリカザリガニとは違った味を出す工夫をこらしてみた。

次に魚料理はヴァン・ジョーヌを使ったサーモンの料理とする。この場合、魚の周りにまわしかけてある若鶏のジュに、煮詰めたヴァン・ジョーヌを加えた形で使用し、同時にミ・キュイ（半焼き）に焼いたサーモンにもヴァン・ジョーヌをかけて風味付けした。これにレンズ豆をつけ合せ、そうすることにより、しっとりとした柔らかなサーモンと、煮汁たっぷりのレンズ豆とヴァン・ジョーヌの酸味とが、バランスよく感じられる地方色豊かな料理に仕上げたところにシェフの苦心があった。

さて、最後のデザートはどうするか。フランシュ・コンテでは、ヴァン・ジョーヌを使ったソルべや木苺と地元のチーズを組み合せたデザートなどが工夫されているようだが、あまり地方色ばかりになってはと、『赤と黒』という小説の題名にちなんで黒ずんだ色のチョコレートと赤いフルーツを使ったものとする。

シェフの一言を聞こう。

斜めに切ったチョコレートの筒の底には、チョコレートクッキーと滑らかなムース。その上には赤ワイン風味のスープに軽く浸した赤いフルーツ。隣にはヴァン・ジョーヌの風味を効かせた白桃のシャーベットを添えました。

そしてワインは、もちろんシャトー・シャロンでなければならぬ。くるみの香りともいわれる、シェリー酒に似た味をもつシャトー・シャロンは、鮭、とりわけ半焼きのサーモンにはよく合う酒だ。

赤ワインは、サクランボの風味があるといわれるこの地方の地元のワイン、アルボワ（Arbois）を用いることとした。

赤と黒のコントラスト

これで『赤と黒』の料理の意味づけとそれを想起しながら食するメニューはでき上ったわけだが、『赤と黒』という小説に、題名の如く漂っている強烈なコントラスト、特に赤と黒のコントラストを、デザート以外にもどこかで演出したい気になる。

そこでテーブルクロスを、通常とは異なり黒に近い濃紺のものとし、その上に赤いキャンドルを配して、赤と黒のコントラストを演出してみることとする。

テーブルクロスを思い切って赤とすることも考えられるが、そうすると料理の色がいささか色あせて見えるおそれがあり、むしろ黒を基調とするテーブルセッティングが良いであろう。

赤いテーブルクロスといえば、かつて、パリの中心部フォブール・サントノレ通りのかなり東寄りのところにロベスピエールというレストランがあり、そこのテーブルクロスが真紅であったことが憶い出される。

このレストランは、フランス革命の立役者の一人ロベスピエールが住居としていたサントノレ通

チョコレートの筒に詰めた赤いフルーツ　ヴァン・ジョーヌ風味の桃のソルベと共に

り四〇〇番地に所在し、革命の血潮と情熱を象徴してか、テーブルクロスは全て赤で、壁にはロベスピエールゆかりの品が飾ってあった。

レストランの内部は薄暗く、どこか陰気なムードが漂っていたが、革命の暴虐の中で死んでいった人々の怨念《おんねん》の暗い影がしのびこんでいるように感じられた（このレストランは今は存在しないが、この建物の壁にはロベスピエールの住居跡であることを示す銅板がかかげられている）。

ここでも赤は革命の情熱と血ぬられた暴力を象徴し、黒は、反革命と反動、そして革命自体の中にひそむ暗い影を象徴しているようだった。

＊1　ベルテ事件＝一八二七年、鍛冶屋の息子で元神学生のアントワーヌ・ベルテがミサの最中、自分が家庭教師をしていたミシュー・ド・ラ・トゥール家の夫人をピストルで撃ち、重傷を負わせた事件。

第11章　「赤」い世界とブルジョワ家庭の定番料理

――『モデラート・カンタービレ』マルグリット・デュラス

VOL. 11

『モデラート・カンタービレ』マルグリット・デュラスの夕べ

Menu

Consommé Paris-Soir
冷製コンソメ パリーソワル

Saumon Eccossais Sauce Verdure
スコットランド産サーモン 香草風味のグリーンソース

Canard Challandais Rôti à l'Orange Confite
シャラン産鴨のロティ オレンジのコンフィを添えて

Fromages Frais et Affinés
完熟フロマージュ

Crêpe à la Glace au Moka, Flambé à la Salle
クレープで包んだモカアイスクリーム フランベ・サービス

Café ou Thé, Mignardises
コーヒー又は紅茶とミニャルディーズ

シャラン産鴨のロティ オレンジのコンフィを添えて

マルグリット・デュラス

(Marguerite DURAS：1914～96)

作家・映画監督。1914年に仏領インドシナ（現ベトナム）で生まれ、1932年に法律を学ぶためフランス本国に帰国し、大学で法律と数学を専攻した。

1943年の処女作『あつかましき人々』で作家としてデビュー。1950年に発表した自伝的小説『太平洋の防波堤』は僅差でゴンクール賞を逃したものの、その後発表された『モデラート・カンタービレ』(1958) とともに、彼女の代表作となった、仏領インドシナに住んでいた時の華僑の青年との出会いを描いた自伝的小説『愛人／ラマン』(1984) は、ゴンクール賞を受賞し、世界的ベストセラーとなった。82歳で世を去るまで、映画界でも脚本家や監督として活躍するとともに、意欲的に創作活動を続け、遺稿となった『これでおしまい（原題 C'est tout)』(1996) を含めて約50の作品を残している。

■あらすじ&解説　『モデラート・カンタービレ』

この作品は、ある意味ではひとつの戯曲のような、また短編映画のような不思議な雰囲気を湛えた小説である。アンヌ・デバレードという実業家の夫人、典型的なフランスのブルジョア階級の夫人が、日々の単調な生活に飽き足らず、子供がピアノのレッスンに通う機会を利用して、家の近くの小さな酒場で一杯のブドウ酒を楽しんでいる。ところが、そのカフェで偶然、恋のもつれから男が女を射殺する事件が起こる。この事件は、パッション——情熱というか、恋情というか、熱情というか——の惨劇と見なされる。

アンヌはこの事件に衝撃を受け、自分も同じような情熱に生きたいと思う。しかし、現実に同じような体験をするわけではなく、自分の夫の会社にかつて勤めていた男と擬似的恋愛関係に入り、その男をいわば架空の相手にみたて、空想の世界で情熱的な恋をして死ぬという劇を自ら演出する。従ってこの小説は、いってみればアンヌの孤独とそこから抜け出るための苦悩と、自己破滅的な行為、そして、そうした行為の虚しさを描いたものである。

擬似的恋愛行為

マルグリット・デュラスは、自伝的小説『愛人（ラマン）』で日本でも一躍有名になった。デュラスの初期の名作『モデラート・カンタービレ』は実業家の夫をもつブルジョア階級の夫人の言動を淡々と描きながら、彼女の熱情や深い孤独を炙り出している。戯曲的な文体のせいもあって、読む者に映画を見るかのような印象を与える。

小説は、女主人アンヌの子供がピアノのレッスンを受けるシーンから始まる。題名の『モデラート・カンタービレ』とは「普通の速さで歌うように」を意味する音楽用語であるが、子供はその意味を忘れないよう何度も注意されている（この題名には、この小説の主人公の人生の単調なペースとそれを打ち破ろうとする内なる衝動が暗示されているともいえる）。子供につきそってレッスンに通う静かな生活を送るアンヌが、時折立ち寄る近くのカフェで事件が起こる。恋のもつれから男が女を射殺したのだ。男は自分が殺した女にやさしく呼びかけ、口づけする。この惨劇にアンヌは強い衝撃を受け、自分もそのような世界に生きてみたいと思い、カフェで出会った男と事件について語り合ううちに、擬似的恋愛関係に入っていくのである。

ブドウ酒の意味

この惨劇の象徴が、カフェに射しこむ（赤い）夕日と、アンヌがすする（赤い）ブドウ酒である。この小説では、ブドウ酒が非常に象徴的な意味をもって登場する。アンヌは男との擬似的恋愛をすすめる過程で、ブドウ酒を何杯ものみ干す。赤いブドウ酒は情熱の象徴であり、同時にアンヌがそれに溺れ、それに酔い、自己破滅へ進んでいく麻薬のようなものの象徴でもある。夕日の赤も同じように情熱の象徴である。しかし同時に、ブドウ酒と夕日の赤は血を象徴しており、殺人事件を暗示している。

冷製コンソメ パリーソワル

おもしろいことにこの小説の中では、ブドウ酒の色や赤い夕日の色そのものについては、ほとんど描写がない。すなわち「赤い色」は、読者が頭の中で想像するような描き方になっているのである。ブドウ酒にアンヌが酔い、そして自己が解体していく過程でアンヌは、この同じカフェで恋のもつれから殺された女に自らを同一化していく。ここで酔うという行為は、自己逃避や自己破滅を意味しているだけではなく、むしろ愛の虚しさと一連の自らの行為の虚しさが最初からわかっているからこそ、溺れてゆく虚無の世界への誘いの行為といえる。また、酔うことによって、もともと現実の世界と想像の世界を重ね合わせているアンヌは、一層その重ね合せにのめりこむのである。このようにブドウ酒は、現実の世界と想像の世界とをつなぐひとつの媒体となっているのだった。

拒食と死の儀式

この小説において、食事や料理も非常に重要な意味をもって登場する。まず第一に、食事を準備する過程の描写が非常に特徴的である。たとえば、次のような描写がある。

台所では女たちが、額に汗をうかべ、腕によりをかけて次の料理を仕上げ終わり、オレンジの経帷子に覆われた鴨の死体の皮を剝いでいる。そうしているうちにも、大洋の広々とした水からあげられた、バラ色の、蜜のような味のする鮭は、ほんのわずかな時間の経過のうちに醜く変わり、完全なる消滅に向かって避けることのできない歩みを続けている。また一方、鮭の消滅に伴うこの儀式に、何かが失態が生じるのではないかという懸念も次第に雲散霧消してゆく。

（田中倫郎訳『モデラート・カンタービレ』〈河出書房新社〉より）

このように、食事を準備する過程を通じて、死ないし死骸を処理する、それを食べられるものに変えていく、そのプロセスこそが料理であるということが暗示されている。従って食事、すなわち食べるということは、死を生に変える、いってみれば自己再生行為であるとみなされている。ところが主人公のアンヌは、自分が主催した夕食会において、料理を食べることができない。お客たちの食欲に比べ自分の気分が合わず、食べるのが大儀である。こうしたアンヌの拒食行為は、彼女の自己破壊行為とつながっている。

すなわち、何も食べられないということは、死を生に変える再生行為ができないということを象徴している。従って、拒食は、アンヌの死への逃亡（ないし彼女の想像の世界における死への逃亡）を象徴している。いってみれば彼女は想像の世界において、カフェの殺人事件のように自分が情熱の恋の中に死に、またそうすることによって自己を解放しようとしているのだった。

アンヌの夕食会と人々の貪欲さ

アンヌは、ある日、自分の家でブルジョワ階級の友人を呼んで夕食会を催す。比較的豪華な夕食会である。この夕食会のメニューは、鮭と鴨が主体を成している。鮭と鴨料理は、いってみればある種のフランス料理の定番であり、上等なフランス料理のスタンダードであるといえる。従って、比較的裕福なブルジョア家庭での夕食会の典型的な料理である。

この料理は、典型的なものであるが故に、小説の中ではこの料理の中身について詳細な記述はなされていない。鮭については、野菜のマヨネーズ・ソースがかけられていると書いてあるだけであり、鴨はオレンジソースをかけたものであるとだけ描写されている。具体的な形や香り、味といったものは、記述されていない。このことは逆に、鮭と鴨の料理が、この小説においては一種の定番料理として、ブルジョア階級の体面と体裁の象徴として登場していることを意味している。

第二に、この小説の記述を読むと、興味深い点が浮き上がってくる。たとえば、次のような表現がある。

さらに小さな形になった鮭がまた手渡される。女たちが最後の一片まで食《くら》いつくすだろう。彼女らのあらわな肩には、自分たちの権利は保証されているという確信の上にその基礎が築かれている階級社会特有の、輝きと鞏固さが現われている。その社会にふさわしい存在であったからこそ彼女たちは選ばれ

スコットランド産サーモン 香草風味のグリーンソース

クレープで包んだモカアイスクリーム フランベ・サービス

たのだ。彼女らの受けた厳格な教育は、会話に対して注意深く気を配ることによって、品位をおとさないよう調節をとることを要求する。その昔彼女らは会話の心得を教えこまれたのだ。彼女らは、この料理につきものの、野菜入りのマヨネーズ・ソースにお行儀よく舌鼓を打ち、これはいける、これなら来た甲斐があったという態度を示す。

（同書より）

この場面は鮭をお客が食べているときの描写であるが、鴨を食べているところの場面には次のような描写が出てくる。

鴨のオレンジソース添えが廻りはじめる。女たちはそれをよそう。選ばれてきたのはたくましき美丈夫だ、彼女らはどんな御馳走にもうしろを見せないだろう。黄金色の鴨を見て、彼女たちののどからおだやかなざわめきが立ち昇る。

（同書より）

この二つの描写に現れているのは、ブルジョア階級の貪欲さであり、食べるということは快楽ないし、快楽を満たす行為であるという考え方である。おいしい料理を食べるということは快楽を求めることであり、同時にそこにある種のブルジョア階級の貪欲さがあるということが、この描写にこめられている。

従って、この料理をほとんど食べないアンヌは、そのことによってブルジョア階級の風習に対する反逆をこころみている。もちろん、その背後には、死を生に変える再生行為を拒絶し、自己破滅に向かう彼女の心理が潜んではいるが、同時に、ブルジョア階級の風習に対するある種の反逆がここに象徴されているといえよう。

アンヌの夕食会の再現

アンヌの夕食会のメニューは、鮭、そして鴨と、フランス料理の定番であるだけに、その再現といっても、単なるスタンダードな鮭の料理や鴨料理を作るのでは、アンヌではないがあまり食欲がわかないであろう。

そこでいささか工夫をこらす必要がある。

まず鮭はスコットランド産を用いることとする。それというのも、アンヌの家は、海から比較的近いが大きな道路を隔てており、茂みに囲まれ、かつ近くに工場もあるところである。小説の中ではどこといって特定されてはいないが、何となくノルマンディーあたりを想像させる要素がある。そんなところから、ノルマンディーとも縁の深い英国産の鮭を選ぶことにする。

料理の仕方については、小説の中で「野菜入りのマヨネーズソース」をかけるとされているだけだが、ここでシェフに工夫してもらう。

皮面のカリッと香ばしい食感を残しながら、中心部分はサーモン独特のバラ色が残るように火を入れます。白ワインビネガーで煮詰めたエシャロットとエストラゴンをベースに、掻き立てた卵黄と澄ましバターで作ったベアルネーズソース。そこにホウレン草からとったグリーンの色素とハーブを加えたソースを添えます。つけあわせの野菜をいれる「カゴ」は鳥の巣に見立てることにし、これに野菜を彩りよく盛り付けます。この「鳥の巣」に使う材料はトルコ産で、元来お菓子に使われるものを用います。ジャガイモの千切りのように油分を吸い込まないので、たいへん軽く仕上がるのが特徴です。

次に鴨料理だが、これも物語の中ではオレンジソースとされているだけだ。

ここでもフランスのシャラン産の鴨肉を用いて料理することとした。シェフの言を聞こう。

ローストした後にママレードを塗って、さらにコアントロー酒をかけて火をつけ（フランベ）、オレンジの風味を効かせます。身崩れしないように房ごと低温でコンポートしたオレンジのコンフィと、やや厚めに切った鴨肉を一緒に食することで、両者の相性を楽しめるよう工夫します。また、肉の味を大切にし、ソースはあえて鴨の肉汁としました。歯ごたえを残してローストした、やや苦みのあるトレヴィスをつけ合わせます。

デザートは、アンヌがモカのアイスクリームを食べる場面が出て来るので、クレープ包みにしたモカアイスクリームをフランベサービスで出すことにする。ただフランベにするために注ぐリキュールは、コーヒーリキュールとし、これに少しチョコレートソースを加えて食するように工夫した。

最後にワインは、アンヌ自身が、ブルゴーニュ地方のポマール（Pommard）に言及しているのでポマールの酒とする。

ポマールのワインは、一般にタンニンが強く、必ずしものみやすいワインではない。なおポマールのワインは、やや劣等のワインとの混ぜ合せのものがあった時期があり、相当慎重に銘柄を選ぶ必要があるとの声も聞かれるので要注意だ。

しかし、上等でないワインをすすることによって、アンヌの心の中の苦々しさと、同時に、甘さへの欲求の双方を秘かに思い浮べることができるかもしれない。

ともあれポマールの酒は一定の年を経ないと味が出ず、若いポマールはあまり推賞されていない。この小説でポマールが登場するのは、その赤い色の深みが、小説の筋書きのトーンとも合っているからかもしれない。

ブドウ酒といえば、アンヌは、ブドウ酒を夕食会の後に吐き、それ以上もう吐けなくなったことを男に告げる。そして自ら唇を差し出しキスを交わす。別れを察知した男が「あなたは死んだ方がよかったんだ」と言うと、アンヌは「もう死んでるわ」と答えて物語は終る。

座談会

フランス文学と料理

【座談会出席者】
森英恵（財団法人森英恵ファッション文化財団理事長）
リシャール・コラス（シャネル日本法人社長）
小倉和夫（国際交流基金理事長）
伊藤玄二郎（司会・『星座』編集長）

写真右から小倉和夫、森英恵、リシャール・コラス、伊藤玄二郎

フランス文学と料理のつながり

伊藤　二年ほどかけて、フランス文学に描かれた料理を再現し、作品との関わりを小倉理事長に解説していただくという試みをいたしました。それをまとめたのが、この一冊です。

フランス文学の名作とされる十一作品に登場する料理は、文学だけでなく、ファッションや美術等、さまざまな文化に影響を与えていると思われます。そこで今日は、フランス文化に造詣の深い皆さんにお話をうかがってみたいと思います。フランス人のコラスさんには、日本論もぜひうかがいたい。まず著者の弁からいかがでしょうか。

小倉　料理というものは舌で味わうこと、というのは誰でもわかることでしょう。最近はヌーベル・キュイジーヌ（伝統的なフランス料理に軽さとカジュアルさを取り入れた新しい料理。一九七〇年以降に流行した）のように、目で味わうこともありますが、やはり本当は「心」と「頭」で味わうこと、つまり感性と知性を総動員して堪能することが大事ではないかと思います。料理を一つの芸術と捉えれば、それが本当の楽しみ方ではないでしょうか。そうしますと、想像力、あるいは連想を働かすことが、非常に重要となります。

文学を楽しむには、連想力や想像力が必要です。そこで文学作品の中でどのように料理が取り上げられているかを研究することは、料理を味わううえでも大事なことではないかと思うのです。

森　確かにそうです。フランス料理の奥深さは、文学にも通じるものがあります。

小倉　フランス文学における料理についての研究を進めているうちに、せっかくの機会ですから、再現してみたいと思いました。ところが昔の料理をそのまま再現しても、歴史的には面白いかもしれませんが、現代の日本人の感性とは一致しないものが多々出てきます。そこで、文学作品の中の料理の内容を基礎にしながらも、現代風の味つけをしたわけです。そうすることによって、文学作品を鑑賞するうえでも、新しい視点が生まれてくるのではないかと考えました。

伊藤　「こういう作者の意図があって、この料理はここで登場するんだ」というような〝発見〟もあるでしょうね。

小倉　それは文学作品を鑑賞するうえでも、新しい感覚だと思います。また料理を味わううえでも、新しい観点で楽しめるのではないでしょうか。そのアイデアを元にして生まれたのが、この本の企画なのです。

伊藤　森さんは実際に、『ナナ』の夜食会に参加されましたが、いかがでしたか。

森　このような企画は初めてでしたので、とても興味深かったですね。実際の夜食会では、まず小倉理事長の解説をうかがって、それから料理を食べます。するとやはり、料理の味わい方、楽しみ方が変わりますね。口だけでなく、目も鼻も耳も、五官すべてで楽しませていただきました。このようにしてフランス料理をいただくのは、最高の贅沢だと思いました。

伊藤　第一回は、プルーストの『失われた時を求めて』でした。この作品は、二〇世紀を代表する小説として知られていますが、難解で長い（笑）。私は数ページでお手上げでした。コラスさんは学生時代、『失われた時を求めて』をお読みになりましたか。

コラス　フランス人はみんな、日本でいう中学三年生から高校一年生ぐらいの間に授業で読みます。『失われた時を求めて』は、全部で七篇あるんです。版元ごとに巻数は異なりますが、それぞれがかなりのボリュームです。しかし結局みんなが読むのは、最後の一巻だけなんです。私は大学一年生だった一八歳の時、パリ大学で森有正先生の日本文学の講義を受けましたが、その時、病気になって三カ月間、寝たきりでした。そこで、こういう機会がなければ絶対にやらないことをやろうと思い、『失われた時を求めて』を全部読みました。

森　それはすごいですね。私はいつか時間ができたら読もうと思い、全巻、買ってはあるんです。でもなかなか時間ができなくて、まだ一巻しか読んでいません（笑）。

リシャール・コラス：フランス生まれ。パリ大学東洋語学部卒業。フランス大使館勤務を経て、81 年よりジバンシー日本法人代表。85 年シャネルに移り、95 年日本法人社長に就任。2008 年、旭日重光章を受章

コラス　やはりすべてを読むと、何か新しい世界が見えます。時々つまらないところもありますが、全部を読んで初めて、「あ、なるほど。プルーストはこういうことを書きたかったのか」とわかった気がします。フランス人でも、全部を読んでいる人はほとんどいないと思います。

伊藤　そういう意味でこの本は、「文学を改めて読み直そう」という、きっかけになるような気がします。

小倉　プルーストはストーリーだけでなく、ひとつのセ

森英恵：島根県生まれ。東京女子大学卒業。パリ・オートクチュール組合に属する唯一の東洋人として活躍。オペラやバレエ、能、歌舞伎の衣裳、オリンピック日本選手団の公式ユニフォーム等も手がける。文化勲章、レジオン・ドヌール勲章オフィシエ受章

ンテンスがものすごく長いんです。

コラス　でも美しいですよね。三島由紀夫とプルーストは、スタイルは全然違いますが、文章の美しさは共通します。流れがすごくリズミカルで、綺麗です。

小倉　この本を書くにあたり、「料理」に注目しながらもう一度すべての作品を読み直しました。たとえば「サラダ・ジャポネーズ（日本風サラダ）」。なぜこの料理が登場したのかというと、その時代ならではの特別な理由があるのです。背景にある、アレクサンドル・デュマ・フィスの小説や戯曲に対する当時のフランス人の見方を知らないと、なぜ「サラダ・ジャポネーズ」が出て来たのか、きちんと理解できないはずです。そうやって解読するにつれ、深みにはまりました（笑）。ただ読むだけではわからないことが、再度、読み直すことでわかる。そういう新しい発見が、面白かったですね。

伊藤　取り上げた十一作品の選択には、何か基準があるのでしょうか。

小倉　『ガルガンチュア物語』のように古すぎるものでは面白くないので、一九世紀から二〇世紀の作品で、時代ごとによく知られていて、かつ日本人にも有名な作品を選びました。また、その中で料理が比較的、重要な意味を持つ作品を選びました。

フランス料理のイメージ

伊藤　皆さんは、フランス料理に対して、どのようなイメージをお持ちですか。私は、「高価でヘヴィ」です（笑）。

森　有名な俳優のジャン＝クロード・ブリアリさんは、シテ島に「オランジェリー・ド・パリ」というご自身のレストランを持っていたんです。そこに参りましたら、穴蔵みたいにとても古い家なんです。でも百合の花が部屋中香り立つように活けてあり、そこで夕食をいただきました。伝統的なフランス料理なんですが、重くない。それにあわせて彼が選んだワインをいただきながら、フランスの歴史や文化も、時代とともに洗練されていくのか、それとも省略されていくのか……などと考えたのを覚えています。フランス料理は、日本料理と共通するところがありますよね。季節や自然を大事にし、それを輝かせるような工夫があります。

伊藤　日本料理でいえば、外国の方には「刺身、天婦羅、寿司」というイメージがあるようです。コラスさんは、フランスと日本の両方に足場があるので、比較してお考えになることも多いと思います。

コラス　「刺身、天婦羅、寿司」という考え方は、外国人でなくとも日本料理に抱くイメージでしょう。私自身は、卵かけご飯やお豆腐の方が好きですが（笑）。もう少し挙げれば、すき焼きや鉄板焼きもありますし、バラエティに富んで非常に幅が広いですね。フランス料理も同じように、バラエティに富んでいます。料理の種類の幅広さでいえば日本料理、フランス料理、中華料理、あとモロッコ料理でしょうか。中近東料理は限られていますが、アルジェリアやチュニジアなどでもそうですが、モロッコ料理はものすごく種類も豊富です。その土地、その国でとれるものによって、料理の幅広さは決まると思いますが、日本やフランスほどに毎日いろいろな味を作れる国は珍しいですね。私はいつも冗談で言うんですが、お昼ご飯を食べながら、「今晩、何を食べようか」って話ができるのは、日本人とフランス人だけでしょう（笑）。

小倉　バラエティに富んだ料理を出せる国というのは、地方の料理も豊かですね。この本でも取り上げましたが、フランシュ・コンテにはフランシュ・コンテの料理があるし、ボルドーにはボルドーの料理が、南フランスには南フランスの特色を生かした料理がそれぞれあるんです。一般にフランス料理というと、日本人はパリの料理を考えてしまうでしょうが、地方料理の豊かさは、驚くべきものがある。昔は、日本にももっと豊かな「食」がありましたが……。

森　私たちの世代は、その地方独特の郷土料理を食べて育ちました。しかし今はどこの地方に行っても、家庭では同じような料理を食べていますものね。郷土料理の存在が少しずつ薄れてしまったのは、残念です。

伊藤　今回この本を作るにあたり、フランス料理をいろいろと食べたり、本を読んだりなさったと思いますが、改めてフランス料理とは、どんな料理だとお考えですか。

小倉　フランス料理について考える場合、まず何と比較して考えるかという問題があります。よく

「世界の三大料理は何か」という話をしますと、トルコ人は「フランス料理と中国料理とトルコ料理が三大料理だ」と主張し、メキシコ人は「フランス料理と中国料理とメキシコ料理だ」と、これまた主張します。おそらくモロッコ人は、モロッコ料理を入れると思います（笑）。たぶんフランス料理は、誰もが三本の指の中に入れる料理でしょう。フランス料理には、世界的にアピールする要素、誰もが世界を代表する料理に推す要素があるのでしょう。

森　ただフランス料理の世界も、この頃、変わってきましたね。少し心配になります。本来のフランス料理の良さが、どんどん変化してきているからです。

小倉和夫：東京生まれ。東京大学法学部卒業後、外務省入省。文化交流部長、経済局長、駐ベトナム大使、外務審議官、駐韓国大使、駐フランス大使を歴任。2003年、独立行政法人となった国際交流基金初代理事長に就任

小倉　日本料理ももちろん変わってきていますが、京都の懐石料理などはできるだけ伝統を守ろうとしている。新しいものを加えながらも、本来の良さは絶対に失わない強い姿勢を全面的に出しています。ところが最近のフランス料理を見ていると、進化してヌーベル・キュイジーヌや何だかんだと言っているうちに、徐々にフランス料理の根本自体が変わってきているような気がするのです。伝統的なものが失われつつあるのかもしれない。それをどこかで守る努力も、やはり必要ではないかと思います。その点、コラスさんはいかがお考えですか。

伊藤玄二郎：神奈川県生まれ。エッセイスト・関東学院大学教授。かまくら春秋社代表。日本の言葉と文化を軸に国際活動をし、最近、北欧の福祉の本をプロデュースした。著書に『末座の幸福』『子どもに伝えたい日本の名作』『風のかなたへ』など

コラス　おっしゃる通りだと思いますが、今は少し伝統に戻りつつあるようです。ヌーベル・キュイジーヌはもういい、という考えの人も多いです。今のフランスの三ツ星レストランで一番成功しているのは、やはり伝統を守って職人の技を尊重しながら、それでなおかつ新しいものを作って提供するお店です。あとは、やはり素材が大事。料理は素材から生まれるものですから、材料にものすごくこだわりのある人が成功すると、私は思います。例えばあのアラン・デュカス（一九五六年生まれ。史上最年少で三ツ星を獲得したモナコ人シェフ。世界各地でレストランを経営し、それぞれ異なる国でミシュランの三ツ星を獲得した初めてのシェフ）もそうです。アラン・デュカスはものすごく食材にこだわり、職人技をリスペクトしていると耳にしています。

森　フランス料理というと、やはりソースも問題になりますよね。ソース自体の変化はあるのでしょうか。

コラス　ベースとなるのはソースです。肉料理のソースに使われるフォン・ド・ヴォーは、やはり昔ながらのフォン・ド・ヴォーが基本です。ヌーベル・キュイジーヌのような、新しいフォン・ド・ヴォーというのは、あり得ません。人間のテイストや生活のリズムが変わり、アラン・デュカスもそれに合わせているものの、流れとしては伝統的なものを大事にしているような気がします。文化

は何百年、何千年かけて出来上がったものですから、それぞれの地方料理を大事にする傾向に戻りつつあるということです。

小倉　フランスの場合、自然の素材を大事にしますね。日本でも有機がはやっていますが、食材にこだわるというのは、料理の本質です。その精神が残っている限り、伝統は失われないと思います。

森　フランスのマルシェ（市場）に行くと、食材の豊富さに驚きます。マルシェでは、季節が生み出す食材の旬が非常に重要視されていますからね。

伊藤　世界中で今、フュージョン・フードがはやっています。フュージョンとは、本来のものから発展したもの、他と融合したものという意味で使われる言葉ですが、多国籍料理は特に若い人に受け入れられています。しかし、料理はただうまければいい、というものではありませんよね。

小倉　チャイニーズとフレンチのフュージョンもありますが、結局、何が何だか分からなくなる。そういうものがあってもいいんですが、オリジナルも守らなければいけません。そこが心配なのです。ぜひ「フュージョンは大嫌い」なシェフに、頑張ってもらいたいものです（笑）。

日本人のフランス料理

伊藤　日本人が考える日本的なものと、外国人が考える日本的なものには、ギャップがあると思います。そういう意味で、日本人とフランス人が考えるフランス料理に、ギャップはありますか。

コラス　もちろん、あると思いますよ。パリが醸し出すイメージと、パリの現実の姿とにギャップがあるように。

小倉　日本の場合、開国後、まず明治時代に皇室等の上流階級が、フランス料理を取り入れました。しかもそれを、日本の西洋化の一つのシンボルとして取り上げた歴史があるものですから、非常に形式にこだわる。

森　日本のフランス料理は、サービスの仕方や形式に、こだわり過ぎているかもしれません。フランスの伝統的なやり方を、何とか日本に持ち込もうと躍起になっている気がします。

小倉　形式にこだわり過ぎて、良いムードが壊れてしまう時があります。日本の場合、フランス料理の形式より、その中に込められた精神……たとえば食材へのこだわり等、本質的な部分にもう少し目を向けるべきではないでしょうか。日本人にとってのフランス料理は、何となく洒落ていて、少しお高い感じ。庶民的ではない印象があるんです。高級なものもあれば家庭料理的なものもある。そんなフランス料理のバラエティが、もう少し日本人にも分かってもらえれば、フランスの地方料理が日本でも普及してくると思います。

コラス　ただ、フランス以外でフランス料理が最もおいしく食べられる国は、日本です。もちろん、気候も違うし、様々な面で異なります。でも一番、本物の味に近い国は、やはり日本です。たまに他の国でフランス料理を食べると、何かが違う。日本人のシェフは、一生懸命学んだことを次の時代にきちんと受け継ぎ、それこそフランス料理の伝統を守っているわけです。そういう意味で日本は、一般的なフランス人でも、最も本国に近いものを食べられる国です。しかし、例えば私の地元はプロヴァンスですが、パリでもプロヴァンスの本物の料理は食べられない。それは、やはりできないんです。九〇〇キロ離れているパリでは、食材も、味も変わってしまうのです。しかし、おっしゃる通り、それぞれの地方の特徴のあるところを紹介できたらいいなと思います。

料理を見せる・楽しませる

伊藤　フィンランドと文化交流事業をやっていて、よくヘルシンキへ行っています。先日、ある友人が「フィンランド人にとって食事はガソリンだ」という言い方をしたことがあります。つまり、旨い、まずいよりも動くためのエネルギーを補給できれば、それでいいということです。しかし、日本人は食材でいえば旬のもの、器やテーブルセッティングも含め、トータルファッション的に食事を考えますよね。フランスと日本の食卓を比較するといかがでしょうか。

森　食事というものに対する考え方、捉え方に共通するところがあると思いますよね。コレクションなどの仕事で度々フランスに滞在しましたが、仲間と一緒に近所のフランス料理店にお昼を食べに行くと、ニコニコしながら「アスパラガスが新着しました」等と季節の到来を教えてくれます。私達のようなファッションの仕事をしている者には、そういう自然の恵みが供されることがリフレッシュになるんです。食卓でも季節感、自然を大事にするような心持ちは、日本と似ているのではないでしょうか。

コラス 先程のフィンランド人のお話のように、生きるために食べなければならない民族がいるんです。フィンランド人もそうですが、アメリカ人もそうかもしれない。ただ食べるだけであれば、紙コップでも、紙皿でもいい。しかし逆に、食べるために生きると考えると、全く違ってきます。食べるために生きるとなると、やはり美しい環境の中で食べたくなる。日本ほど季節感を盛り込みはしませんが、フランス料理でも器にこだわれば、リモージュやバカラといった一流のブランドがある。食器はもちろん、テーブルクロスやナプキンもあるから、そこが根本的な差となるんでしょうね。そこまでしなくても良いのではないかと考える一方、食べるために生きるのであれば、いかにおいしく食べるかという楽しみのために、環境も美しくしたくなるのではないでしょうか。

伊藤 実際に料理を再現した際も、随分テーブル・デザインに力を入れておられましたね。やはり「文化も空気も食べよう」という気持からでしょうか。

小倉 ええ。人間の感性と知性を鋭くするには、周りの環境が非常に大事だと思うのです。谷崎潤一郎が『陰翳礼讃』で照明のもつ重要性を説いているように、京都は別として、日本の超一流といわれる懐石料理のお店は、一般的に言って、ものすごく照明が明るい。どうして灯りにもっと気を配らないのか、不思議でなりません。料理の味は、その「見栄え」によるところも大きい。色をどのように演出するかを考えると、光は非常に重要です。とは言え、暗いほうが絶対に良いとも思いませんが……ヨーロッパの場合は暗すぎて、今度は料理がよく見えないくらい（笑）。これもまた問題ですが。日本では、「暗い」イコール「貧しい」と捉えていた時代があったために、大いに明るくしましょうという傾向が生まれた。もう少し演出を考える必要があると思いますね。その点、フランスの一流レストランは、さすがに照明すべてに随分気を配っています。

伊藤　コラスさんは以前お目にかかったときに、ご自分の小説はヴィジュアル世界の追求だというふうにおっしゃっていましたね。料理のヴィジュアルという面はいかがでしょう。

コラス　ある医学者が言っていたんですが、日本人と西洋人の脳の構造は逆なんだそうです。日本人は右脳より、左脳がよく働く。そのためか、日本人はビジュアル的なものを凄く大切にしている。だから日本の美的感覚は、非常に高いのだと思いますよ。フランス人は右脳がよく働くので、ビジュアル的にはエステティシズム（耽美主義、美を中心とする考え）にとてもこだわります。一つの空間作りに、物凄くこだわる。最近、フランスのトップレベルのシェフたちは、日本料理のように、周りだけでなくお皿の中も美しく作ろうとしていますね。

伊藤　五官を総動員して食事を楽しむという点から言えば、フランス料理はナイフとフォークを使いますから、触覚も感じることができます。たとえば、肉を切るという動作によって、肉そのものの感覚が伝わってきます。日本料理は「挟む」が基本となりますから、素材自体の触覚は口で感じるしかない。どうもフランス料理のほうが、触覚を感じる度合いが強い気がします。

コラス　おっしゃるとおりですね。しかし、そうなると、モロッコ料理は手で食べるので、もっと感じるかもしれません。ただ、それは一つのセレモニーなんです。大きな一つのプレートでみんなで分けて食べるから、それなりのルールがある。食事が終わった後にまた手を洗うとか、ただ単に手で食べるのではなく、しきたりがあるんです。クスクスはやはり、スプーンよりも手で食べるとおいしくなる。日本料理も、私はお箸じゃないと食べられません。

森　なぜフォークとナイフなのか、なぜ箸なのかを考えると、その国の文化が見えてきますね。

コラス　ヨーロッパは古くから肉を食材としていたので、ナイフやフォークがありました。でもルイ一四世の時代は、ナイフはあってもフォークがなかったので、手で食べていたそうです。

小倉　日本料理を海外でお出しする時に一番困るのは、サービスなんです。材料は取り寄せられますが、お頭付きの魚を置く向きや、お酒の追加のし方といった、細かなサービスが難しいのです。

森　フランスで「日本食はどこが一番おいしい?」と聞かれると、私は「大使館よ」と答えています(笑)。パリの日本料理の名店で、小澤征爾さんがよく利用されるお店、小澤さんがウィーンからパリに来ると、そのお店のカウンターに向かうんですって。そこに座ると、ご主人は小澤さんの好きなお寿司を握ってくれる。お客さんの顔を見て、この人は何が好きなのかちゃんと覚えている。何であれ一流の料理人の凄さは、お盆の上だけでなく、すべてに行き届く気配りにもあるのではないでしょうか。

小倉　まさにそれこそ、文化そのものです。ただおいしいだけでは、人は満足できない。いかに人生を楽しむかと同じように、食を楽しむか、楽しませるか。文学作品と共通するものがあるんです。私はこれからも、それを追求していきたいと思っています。

伊藤　その空気を、この一冊からぜひ味わっていただきたいものです。

あとがき

国際交流基金は、フランス文学の名作に登場する料理を、現代という時代に合わせて再現する講演会シリーズ「料理でめぐるフランス文学散歩」を企画し、二〇〇七年一月から二〇〇九年一月までの二年間、一二回にわたり開催してきました。そしてこの度このシリーズを『名作から創るフランス料理』と題して、一冊の本にまとめることとなりました。

この試みは、日本、フランスをはじめ世界の食文化の交流を促進する上で、一つの触媒を提供するために企画されたものです。特にフランス文学における食や料理をとりあげることで、フランス料理の鑑賞に知的、あるいは文学的タッチを加え、それにより、料理に一味違った「深み」を与え、食文化の意味を一層深く考えることができるのではないかという意図から出たものです。

「言うは易く行うは難し」であり、この企画が実現できたのは、国際文化会館の前理事長・故高垣佑氏をはじめ、国際文化会館のご厚意と、多くのメンバーの方々の熱意、そしてロイヤルパークホテルの中村裕前会長、厨房を司った斉藤正敏シェフをはじめとする調理人の方々、ソムリエ、会場のセッティングに工夫を凝らしたスタッフをはじめとする関係者の協力の賜物であります。また、この企画の実施とその記録を書物にすることについては、かまくら春秋社の伊藤玄二郎代表の深い理解と熱意、そしてスタッフの古正佳緒里さんの努力によって実現したものです。ここにこれら関係者の方々に深い感謝の意を表します。

この本を通じて、読者の方々が世界の食文化の交流の意味を考え、またそうした交流にあたって、知的センスと感性をどのように組み合わせていくべきかについて、想いを深めていただければ幸いです。

二〇一〇年七月吉日

国際交流基金理事長　小倉和夫

<人名、作品名その他>

＜ワイン関連用語＞

索　引

<料理および食品関連用語>

【ア行】

【カ行】

＊講演会シリーズ「料理でめぐるフランス文学散歩」は、国際交流基金が企画し、国際文化会館とロイヤルパークホテルがメニュー作成・料理および会場協力をしたものです。

＊この本は、雑誌「星座」（かまくら春秋社）三八号〜四九号で連載されたものに加筆修正して一冊にまとめたものです。

小倉和夫

1938年、東京生まれ。東京大学法学部卒業後、外務省入省。

外務省では文化交流部長、経済局長、駐ベトナム大使、外務審議官、駐韓国大使、駐フランス大使を歴任。その間、総理府平和協力法準備室長、東京大学客員教授も務めた。退官後、青山学院大学国際政治経済学部国際政治経済学科教授に。2003年、独立行政法人となった国際交流基金初代理事長に就任。2004年以降、青山学院大学特別招聘教授。著書に『パリ 名作の旅』『吉田茂の自問——敗戦、そして報告書「日本外交の過誤」』『グローバリズムへの叛逆——反米主義と市民運動』他

名作から創るフランス料理

著者　小倉和夫
発行者　伊藤玄二郎
発行所　かまくら春秋社
鎌倉市小町二—一四—七
電話〇四六七（二五）二八六四
印刷所　ケイアール
平成二十二年七月一七日　発行

企画　国際交流基金

ISBN978-4-7740-0483-9 C0098